每天1分鐘！

新制多益 NEW TOEIC
必考單字 600分完勝！

原田健作　著　／　葉紋芳　譯

前　言

　　本書最大的特色，是讓那些想在多益測驗考高分的忙碌社會人士及學生們，在任何地方都可以用最有效率的方式下功夫準備。

　　以下就讓我一一為各位介紹吧！

❶　提高分數的祕訣　一
　➡一邊解題，一邊輕鬆駕馭大量英文單字！

　　目前坊間的單字本，幾乎只列出單字。這樣是否真的記得住實在難說，還是必須要有一定程度以上的練習才行。而且，強迫背大量單字的方式很單調，總容易讓人覺得挫折。所以本書特別運用**一邊解題一邊背單字**的方式，要您輕輕鬆鬆，就把一個一個的單字通通記到腦袋裡。

❷　提高分數的祕訣　二
　➡不要放掉已經背好的單字！

　　想記住大量的單字，只要配合相關單字來背就會格外容易。這在腦科學研究上亦獲得證明。本書也是一樣，**運用每背一個單字，連同衍生語、同義詞、反義詞等延伸單字也能一起記在腦海裡**的方式，絕對能減輕大家背單字的負擔。

❸　提高分數的祕訣　三
　➡對付容易粗心的片語也能得心應手！

　　多益測驗中會出現只要懂意思就能得分的片語，

不過把片語留到單字之後才準備的人不在少數吧！所以本書以多益測驗第五部分很有可能出題的片語為中心，收錄了很多**只要懂意思就能提高分數的片語**，助您一臂之力。

❹ 提高分數的祕訣　四
➡掌握不擅長的單字及多義詞，領先超群！

考多益測驗時，只知道minute的意思是「分」是不夠的。因為這個單字寫成minutes時就變為「會議記錄」（860分完勝）之意。所以，**攻略這些有可能成為您的弱點的單字**，是提高得分不可或缺的要領。此外，像leave「休假」（➡600分完勝）、story「樓」（➡730分完勝）等單字，本書皆配合目標分數收錄之。

又，為了讓本書刊登的所有英文更為自然，我們請三位以英文母語人士（Fiona Hagan，Jason Murrin，Kristin Smith）協助審核。

不論是接下來要初次挑戰多益測驗的人，或是至今已經挑戰各種多益單字書仍屢遭挫折的人，面對您們，我都要以自己能夠完成這本最棒的多益單字書而自豪。本人在此祝福各位，善加利用本書，突破各自想達到的目標。

原田　健作

如何使用本書

本書網羅多益測驗達600分所必備的中階英文單字。全書共585個字彙，除了單字，還包括片語，若加入延伸單字，全書收錄多達1400字。因應多益測驗的趨勢，本書收錄字彙以商用語為主。

本書章節將單字依詞性分類，共105個「主題」，每一「主題」皆搭配一個朗讀音檔，由兩頁版面構成。

題目

每一主題收錄兩道練習題。第一題，是將英文句中使用的單字譯成中文填入空格（同義詞未必可以直接和底線單字替換，也可能必須改變冠詞或單複數形）。第二題，是從選項選出最適合英文句中底線單字的同義詞。這種方式不僅可以利用閱讀背英文單字，還能藉題目來記憶，進而達到根深蒂固，也正是其他同類書籍所沒有的優點。

主題 1 名詞（1）商用語

● 將句中劃線的單字譯成中文填入空格。

☐ ❶ I invited some of <u>my colleagues</u> to the party.
「我邀請一些（　　）到派對上」

● 從（A）～（D）中選出底線單字的同義詞。

☐ ❷ The <u>president</u> should have stated the labor conditions more clearly.
（A）staff 　　　　（B）worker
（C）employee 　　（D）employer

001 ☐ **CEO** [ˌsi i `o]
图「CEO／執行長」
例 He was appointed the **CEO** of the company.
「他被任命為公司的執行長。」
∅ 為Chief Executive Officer的縮寫。
類 **président**「董事長」
相關 **CFO**「財務長」➡為Chief Financial Officer的縮寫。

002 ☐ **colleague** [`kɑlig]
图「同事」
類 **cówórker / assóciate**「同事／工作夥伴」

12

4

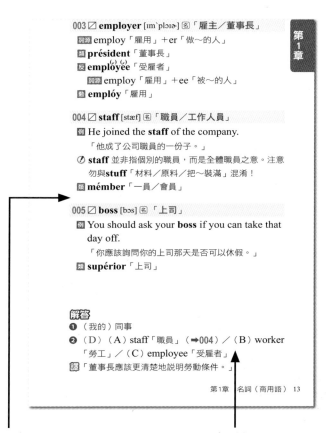

003 ☑ **employer** [ɪmˋplɔɪə] 图「雇主／董事長」

詞源 employ「雇用」＋er「做～的人」

類 **présidènt** 「董事長」

反 **emplóyée** 「受雇者」

　詞源 employ「雇用」＋ee「被～的人」

動 **emplóy** 「雇用」

004 ☑ **staff** [stæf] 图「職員／工作人員」

例 He joined the **staff** of the company.

　「他成了公司職員的一份子。」

⊘ **staff** 並非指個別的職員，而是全體職員之意。注意勿與**stuff**「材料／原料／把～裝滿」混淆！

類 **mémber** 「一員／會員」

005 ☑ **boss** [bɔs] 图「上司」

例 You should ask your **boss** if you can take that day off.

　「你應該詢問你的上司那天是否可以休假。」

類 **supérior** 「上司」

解答

❶（我的）同事

❷（D）（A）staff「職員」（➡004）／（B）worker「勞工」／（C）employee「受雇者」

譯「董事長應該更清楚地説明勞動條件。」

字彙的解說

　　收錄「練習題中出現之英文單字」的「相關字彙」。字彙使用連續號碼（本書內的號碼）編號。除了中譯，音標及例句（例）、延伸單字（類）、及物動詞（他）、不及物動詞（自）等也一併載明。另外，補充説明（⊘）則是要讓大家對字彙有更深入的理解。

解答

　　本書加入單字索引讓讀者參照，將同系列叢書的「730分完勝」及「860分完勝」分別以❷及❸表示。而000形式的數字是指用於該書內的單字編號。

目　次

第1章　名詞（商用語）

第2章　名詞（日常用語）

第3章　名詞（一般用語）

第4章　動詞

第5章　形容詞・副詞

第6章　片語

第7章　需特別注意的單字

如何掃描 QR Code 下載音檔

1. 以手機內建的相機或是掃描 QR Code 的 App 掃描封面的 QR Code。
2. 點選「雲端硬碟」的連結之後，進入音檔清單畫面，接著點選畫面右上角的「三個點」。
3. 點選「新增至『已加星號』專區」一欄，星星即會變成黃色或黑色，代表加入成功。
4. 開啟電腦，打開您的「雲端硬碟」網頁，點選左側欄位的「已加星號」。
5. 選擇該音檔資料夾，點滑鼠右鍵，選擇「下載」，即可將音檔存入電腦。

名詞（1）商用語

- 將句中劃底線的單字譯成中文填入空格。

☑❶ I invited some of <u>my colleagues</u> to the party.

「我邀請一些（　　　）到派對上。」

- 從（A）～（D）中選出底線單字的同義詞。

☑❷ The <u>president</u> should have stated the labor conditions more clearly.

（A）staff 　　　　（B）worker

（C）employee 　　（D）employer

---

001 ☑ **CEO** [ˌsi i `o]

　名「**CEO／執行長**」

例 He was appointed the **CEO** of the company.

「他被任命為公司的執行長。」

⚠ 為Chief Executive Officer的縮寫。

類 **président**「董事長」

相關 **CFO**「財務長」➡為Chief Financial Officer的縮寫。

002 ☑ **colleague** [`kɑlig]

　名「**同事**」

類 **cówórker / assóciate**「同事／工作夥伴」

003 ☑ **employer** [ɪmˋplɔɪɚ] 图「**雇主／董事長**」

詞源 employ「雇用」＋er「做～的人」

類 **président**「董事長」

反 **employee**「受雇者」

　詞源 employ「雇用」＋ee「被～的人」

動 **emplóy**「雇用」

004 ☑ **staff** [stæf] 图「**職員／工作人員**」

例 He joined the **staff** of the company.

　「他成了公司職員的一份子。」

⚠ **staff** 並非指個別的職員，而是全體職員之意。注意勿與**stuff**「材料／原料／把～裝滿」混淆！

類 **mémber**「一員／會員」

005 ☑ **boss** [bɔs] 图「**上司**」

例 You should ask your **boss** if you can take that day off.

　「你應該詢問你的上司那天是否可以休假。」

類 **supérior**「上司」

解答

❶ （我的）同事

❷ （D）（A）staff「職員」（➡004）／（B）worker「勞工」／（C）employee「受雇者」

譯 「董事長應該更清楚地說明勞動條件。」

- 將句中劃底線的單字譯成中文填入空格。
☐**❶** I asked <u>my secretary</u> to fax it.
　「我請（　　　）傳真。」
- 從（A）～（D）中選出最適當的選項填入空格裡。
☐**❷** He used to be the chief (　　) of a monthly magazine.
　（A）article　　　　（B）editor
　（C）edition　　　　（D）report

---

006 ☐ **clerk** [klɝk]

图「**銷售員／職員**」

例 I asked a **clerk** if they had a cheaper one.

　「我詢問銷售員是否有較便宜的。」

類 **sálesclèrk / sálesman / sáleslàdy**「銷售員」

---

007 ☐ **trainee** [tren`i]

图「**接受訓練的人／實習生**」

例 The **trainees** took a tour of the company after lunch.

　「實習生在午餐後參觀公司。」

詞源 train「訓練」＋ee「被～的人」

反 **tráiner**「訓練者／教練／馴獸師」

動 **tráin**「訓練／教育」

008 ☑ **secretary** [ˋsɛkrəˌtɛrɪ]

　图「祕書」

⏱ 本單字可以從**secret** [ˋsikrɪt]「祕密」的意思做聯
想。注意發音！

009 ☑ **editor** [ˋɛdɪtɚ]

　图「編輯」

動 **édit**「編輯」

相關 **edítion**「版／發行數」

010 ☑ **director** [dəˋrɛktɚ]

　图「董事／主管／（電影等）導演」

例 The next meeting of the Board of **Directors**
will be held on Thursday, October 15.

「下一次的董事會預計在10月15日週四舉行。」

⏱ **bóard of diréctors** 為「董事會」，一起記下來
吧！

類 **exécutive**「董事」

動 **diréct**「指揮／管理／導演」

解答

❶（我的）祕書

❷（B）（A）article「新聞報導」／（C）edition
「版／發行數」（➡❷046）／（D）report「報告」
（➡349）

譯「他曾經擔任月刊雜誌的主編。」

- 將句中劃底線的單字譯成中文填入空格。

☑ ❶ <u>Consumers</u> in the US buy this car for economical reasons.

「美國的（　　　）由於經濟因素而買這台車。」

- 從（A）～（D）中選出底線單字的同義詞。

☑ ❷ I always wondered how I could attract more <u>customers</u>.

（A）patrons　　　　（B）players

（C）mechanics　　　（D）managers

---

011 ☑ **customer** [ˋkʌstəmɚ] 名「客人／顧客」

類 **shópper / pátron**「顧客」

012 ☑ **technician** [tɛkˋnɪʃən]
名「技術人員／專家」

例 They sent the **technician** to repair the machine.

「他們派技術人員修復機器。」

相關 **techníque**「（專門）技術」

013 ☑ **mechanic** [məˋkænɪk]
名「修理工／機械工」

例 I'll have a **mechanic** repair the car.

「我會請個修理工維修這台車。」

014 ☑ **client** [`klaɪənt]

图「（律師等的）**當事人／顧客**」

例 I have an appointment with a **client** at 3:00.

「我3點和一位客人有約。」

015 ☑ **consumer** [kən`sjumɚ]

图「**消費者**」

動 **consúme**「消費」

形 **comsúmptive**「消費的」

相關 **consúmption**「消費」

016 ☑ **marketing** [`mɑrkɪtɪŋ]

图「**市場調查／市場行銷／促銷活動**」

例 He is in charge of **marketing**.

「他負責市場行銷。」

相關 **márket**「市場」

解答

❶ 消費者

❷ （A）（A）patron「贊助者／顧客」（➡❸024）／
（B）player「選手」／（C）mechanic「修理工」
（➡013）／（D）manager「經營者」

譯「我總是在思考該如何吸引更多的顧客。」

名詞（4）商用語

- 將句中劃底線的單字譯成中文填入空格。

☑❶ When you go to Egypt, you should call that travel agency.

「你去埃及時，應該打電話給那個（　　　）。」

- 從（A）～（D）中選出底線單字的同義詞。

☑❷ Prices are subject to change without notice.

（A）decision　　　　（B）knowledge

（C）difference　　　（D）announcement

---

017 ☑ **agency** [`edʒənsɪ]

名「代理商／專業行政機關」

相關 **ágent**「代理人／代理商」

018 ☑ **note** [not]

名「紀錄／便條／注釋」

他 ❶「注意到」❷「提到」

例 Please make a **note** of this number.

「請記下這個號碼。」

⏱ **nótebòok** 指「筆記本／筆記型電腦」。

形 **nóted**「有名的」

例 He is a **noted** scholar.

「他是一位有名的學者。」

019 ☑ **notice** [ˋnotɪs]
　　图「通知／預告」他「注意到」

例 I didn't **notice** he was there.

　　「我沒有注意到他在那裡。」

類 **annóuncement**「通知／預告」

形 **nóticeable**「引人注目的」

020 ☑ **industry** [ˋɪndəstrɪ] 图「產業／工業」

例 In China, the automobile **industry** grew rapidly last year.

　　「去年，中國的汽車工業急速成長。」

形 **indústrial**「產業的／工業的」

相關 **indústrial wáste**「工業廢棄物」

021 ☑ **manufacturer** [ˌmænjəˋfæktʃərɚ]
　　图「製造公司／製造廠」

例 In China, our company is one of the biggest **manufacturers**.

　　「我們公司在中國是最大的製造廠之一。」

解答

❶ 旅行社

❷ （D）（A）decision「決定」（➡**034**）／（B）knowledge「知識」（➡**199**）／（C）difference「不同」／（D）announcement「預告／通知」

譯「價格得不經預告隨時變動。」

主題 **5** ▶ 名詞（5）商用語

> ● 將句中劃底線的單字譯成中文填入空格。
> ☐❶ He doesn't have enough <u>income</u> to support his family.
> 　「他沒有足夠的（　　　）養活他的家人。」
> ● 從（A）～（D）中選出底線單字的同義詞。
> ☐❷ What are the <u>benefits</u> of hiring him?
> 　（A）notes　　　（B）advantages
> 　（C）losses　　　（D）problems

022 ☐ **loss** [lɔs]

名 「**損失**」

例 He estimated the **loss** at $3 million.

　「他估計損失300萬美元。」

反 **prófit**「收益」

動 **lóse**「喪失」

片 **be at a lóss**「困惑／茫然」

023 ☐ **income** [ˋɪnˏkʌm]

名 「**收入／所得**」

類 **éarning(s) / révenùe**「收入」

20

024 ☑ **profit** [ˋprɑfɪt]

　图「**收益**」圓「**獲利**」

類 **bénefit / advántage**「利益」

形 **prófitable**「有利益的」

025 ☑ **benefit** [ˋbɛnəfɪt]

　图「**利益／津貼**」

　他「**對〔使〕～有益〔受惠〕**」

例 The **benefits** outweigh the risks.

　「利益比風險重要。」

例 I believe my experience would **benefit** your company.

　「我相信我的經驗將對貴公司有益（求職信上）。」

形 **bènefícial**「有益的／有利益的」

類 **prófit / advántage**「利益」

片 **bénefit from ～**「受益（受惠）於」

　例 Many people will **benefit from** reduced income tax rates.

　　「許多人將受惠於所得稅率的調降。」

解答

❶ 收入

❷ （B）（A）note「紀錄」（➡018）／（B）advantage「優點」（➡235）／（C）loss「損失」（➡022）／（D）problem「問題」

譯「雇用他的優點是什麼？」

● 將句中劃底線的單字譯成中文填入空格。

☐❶ We spent a lot of money on <u>medical expenses</u> last year.

「我們去年花很多錢在（　　　）上。」

● 從（A）～（D）中選出底線單字的同義詞。

☐❷ He bought 1,000 <u>shares</u> of the company.

（A）products 　　　（B）factories

（C）fees 　　　　　（D）stocks

---

026 ☐ **expense** [ɪk`spɛns] 图「**費用／支出**」

類 **cóst / expénditure**「費用」

片 **at the expense[cost] of ~**「以～為代價」

027 ☐ **bill** [bɪl]

图 ❶「**請款單／帳單**」 ❷「**法案**」

例 He paid the hotel **bill**.

「他付了旅館帳單。」

028 ☐ **receipt** [rɪ`sit] 图「**收據／收條**」

例 Did you get a **receipt** for it?

「你拿到收據了嗎？」

動 **recéive**「收到」

相關 **recípient**「領受人」

029 ☐ **payment** [`pemənt] 图「支付／報酬」

例 You must complete **payment** by the end of this month.

「你必須在本月底前完成支付。」

動 **páy**「支付」

030 ☐ **share** [ʃɛr]

图「股份／市場占有率／（分攤的）一部分」

他 自「共有」

例 When I was a child, I **shared** a room with my brother.

「我小時候跟哥哥共有一個房間。」

類 **stóck**「股份」

相關 **sháreholder [stóckholder]**「股東」

031 ☐ **capacity** [kə`pæsətɪ]

图「容量／能力」

例 The main hall has a **capacity** of 100 people.

「大廳可以容納100人。」

類 **abílity / càpabílity**「能力」

解答

❶ 醫藥費

❷（D）（A）product「產品」（➡054）／（B）factory「工廠」（➡050）／（C）fee「服務費」（➡124）／（D）stock「股票」（➡❷079）

譯「他買了這家公司1000股的股份。」

主題 **7** ▶ 名詞（7）商用語

- 將句中劃底線的單字譯成中文填入空格。
☑❶ Please do not cite <u>without permission</u> from the author.
　「作者（　　　）請勿引用。」
- 從（A）～（D）中選出最適當的選項填入空格裡。
☑❷ After two years of talks, the two countries finally reached an (　　).
　（A）expectation　　　（B）agreement
　（C）intention　　　（D）appointment

---

032 ☑ **agreement** [əˋgrimənt] 图「協議／協定」
🔘 **agrée**「同意」

033 ☑ **appointment** [əˋpɔɪntmənt]
　图❶「（就醫的）預約／（會面的）約定」
　　❷「任命」
🔲 I have a doctor's **appointment** at 10 a.m.
　「我早上10點有預約看醫生。」
🔘 **appóint**「任命／指派」

034 ☑ **decision** [dɪˋsɪʒən] 图「果斷／決心」
🔲 He made the **decision** to resign.
　「他下定決心辭職。」

24

類 **detèrminátion / rèsolútion**「果斷／決心」

動 **decíde**「決定」

形 **decísive**「決定性的／果決的」

副 **decísively**「決定性地」

035 ☑ **permission** [pɚˋmɪʃən] 名「**許可**」

動 **permít**「允許／許可」

036 ☑ **signature** [ˋsɪgnətʃɚ]
名「**簽名／簽字**」

例 We need your **signature** on this form.

「這份表格需要你的簽名。」

✐ 名人的親筆簽名為 **áutogràph**。

動 **sígn**「簽名」

037 ☑ **site** [saɪt]
名「**場所／建築用地／現場**」

例 They selected a **site** for the new factory.

「他們選了新工廠的建築用地。」

類 **pláce / locátion**「場所」

解答

❶ 未許可

❷ （B）（A）expectation「期待／預期」（➡❷203）／
（C）intention「意圖／意思」（➡❷199）／
（D）appointment「預約」（➡033）

譯「經歷兩年對談，兩國終於達成協議。」

名詞（8）商用語

● 將句中劃底線的單字譯成中文填入空格。

☐❶ Their first <u>mission</u> is to do marketing research there.

「他們的首要（　　　）是在那裡做市場研究。」

● 從（A）～（D）中選出底線單字的同義詞。

☐❷ Half of the university students in Japan want to enter a large <u>corporation</u>.

（A）stadium 　　　（B）firm

（C）club 　　　　（D）city

---

038 ☐ **organization** [ˌɔrgənəˋzeʃən]

图「組織／體制／組織化」

例 The **organization** was established in 1994.

「該組織成立於1994年。」

🕗 **NGO**「非政府組織」為non-governmental organization 的縮寫，**NPO**「非營利組織」為nonprofit organization 的縮寫。

類 **ìnstitútion**「部門」

動 **órganìze**「組織」

039 ☐ **corporation** [ˌkɔrpəˈreʃən] 图「**法人／公司**」

🕐 **Corp.** 為本單字的縮寫。注意勿與 **coòperátion**「合作」混淆！

類 **cómpany / fírm / búsiness**「公司／企業」

形 **córporate**「公司的／法人的」

040 ☐ **mission** [ˈmɪʃən] 图「**任務／外交使節（團）**」

類 **dúty**「任務」

041 ☐ **duty** [ˈdutɪ]
图 ❶「**義務／職責**」❷「**關稅**」

例 He performed his **duty** as a leader.

「他執行了身為領導者的職責。」

類 **respònsibílity**「義務」、**míssion**「任務」、
cústom / táriff「關稅」

042 ☐ **campaign** [kæmˈpen] 图「**活動／運動**」

例 The **campaign** for the product was very
successful.

「這場商品活動非常成功。」

解答

❶ 任務

❷ （B）（A）stadium「運動場」／（B）firm「公
司」（➡❷051）／（C）club「俱樂部」／
（D）city「城市」

譯「日本有半數的大學生希望進入大公司。」

- 將句中劃底線的單字譯成中文填入空格。
☑❶ We made a <u>deal</u> with him.
「我們和他做了一項（　　　）。」
- 從（A）～（D）中選出底線單字的同義詞。
☑❷ I haven't received the <u>document</u> yet.
（A）form　　　　　（B）direction
（C）recommendation（D）money

043 ☑ **form** [fɔrm]

图 ❶「表格」❷「形式」

他 自「成形／成立」

例 Please fill in this **form** and send it to our office.

「請填妥這張表格，再寄到我們辦公室。」

例 I'd like to learn about how the Grand Canyon was **formed**.

「我想知道大峽谷是怎麼形成的。」

類 **dócument**「文件」、**shápe**「形狀／成形」、**órganìze**「成立」

044 ☐ **document** 名 [ˋdɑkjəmənt] 他 [ˋdɑkjəˌmɛnt]
　　名「公文／文件」他「記錄」
　　類 **fórm**「表格」、**recórd**「紀錄」
　　形 **dòcuméntary**「文件的／有根據的」

045 ☐ **deal** [dil]
　　名 ❶「交易／協議」❷「大量」
　　類 **cóntract**「合約」
　　相關 **déaler**「商店（人）／業者」
　　片 **déal with ~**「處理／應付」、**a gréat[góod]**
　　déal of ~「很多的／大量的」
　　例 I have had **a great deal of** experience in
　　this area.
　　「我在這個領域已經有很多的經驗。」

046 ☐ **entry** [ˋɛntrɪ] 名「入場／報名申請（者）」
　　例 We received over 100 **entries** for the contest.
　　「這場比賽，我們收到超過100份的報名申請。」
　　類 **admíssion**「入場」
　　àpplicátion「申請」

解答
❶ 交易
❷ （A）（B）direction「指示／方向」（➡053）／
　（C）recommendation「推薦信」（➡❷019）／
　（D）money「金錢」
譯 「我還沒收到文件。」

名詞（10）商用語

● 將句中劃底線的單字譯成中文填入空格。

☑❶ A new building is <u>under construction</u> now.

「一棟新建築物現在（　　　）。」

● 從（A）～（D）中選出底線單字的同義詞。

☑❷ The automobile <u>factory</u> operates eight hours a day.

（A）fact　　　　（B）store
（C）plant　　　（D）employee

047 ☑ **interview** [ˋɪntɚˏvju]

图「面試」他「進行面試」自「接受面試」

例 I have a job **interview** this Thursday.

「本週四我有個工作面試。」

例 We **interviewed** 10 applicants yesterday.

「我們昨天面談了10位申請人。」

相關 **íntervièwer**「面試官」

　　　← interview「面試」＋er「做～的人」

　　　ìnterviewée「被面試的人」

　　　← interview「面試」＋ee「被～的人」

048 ☑ **demand** [dɪˋmænd]

图「需要／要求」

他「要求」

例 If the supply exceeds the **demand**, the price usually will decrease.

「如果供過於求，價格通常會下降。」

類 **requést**「要求／請求」、**requíre**「要求」

反 **supplý**「供給」

形 **demánding**「過度要求的／苛求的」

049 ☑ **construction** [kən`strʌkʃən] 名「建設」

動 **constrúct**「建設」

050 ☑ **factory** [`fæktərɪ] 名「工廠」

類 **plánt**「工廠」

051 ☑ **plant** [plænt]

名 ❶「設備／工廠」❷「植物」他「栽種（植物）」

例 They are building a manufacturing **plant** there.

「他們正在那裡蓋製造工廠。」

類 **equípment**「設備」、**fáctory**「工廠」

解答

❶ 正在建設中

under ～「正在～中」

例 under investigation「正在調查中」

under repair「正在維修中」

❷ （C）（A）fact「事實」／（B）store「商店」／（D）employee「職員」

譯「這家汽車工廠一天運作八小時。」

主題

名詞（11）商用語

- 將句中劃底線的單字譯成中文填入空格。
☐❶ The experts met to discuss the development of new drugs for the disease.
　「專家們會面討論治療該疾病的新藥（　　）。」
- 從（A）～（D）中選出底線單字的同義詞。
☐❷ You should have followed his directions.
　（A）interests　　　（B）concerns
　（C）instructions　（D）directors

052 ☐ **development** [dɪˋvɛləpmənt]
　图「**開發／發展**」
　🕙 **R&D**「研究開發」為Research & Development的縮寫。
　勔 **devélop**「開發」

056 ☐ **direction** [dəˋrɛkʃən] 图「**指示／方向**」
　🕙 新多益考試每個單元一開始的問題例文也有Directions「（解題的）指示／說明」。
　類 **instrúction**「指示」
　勔 **diréct**「指揮／為～指路」

054 ☐ **product** [prɑdʌkt] 图「**產品／生產（量）**」
　例 He designed the **product** himself.
　「他自己設計這個產品。」

動 prodúce「製造」
形 prodúctive「生產的」
相關 prodúction「生產」

055 ☑ quarter [kwɔrtɚ]
　　名「一季／4分之1／25分硬幣」

例 PC sales fell in the second **quarter**.
　　「電腦銷售量在第二季下滑。」
🕒 原意為「4分之1」。「一季」指一年的4分之1，也就是3個月。

056 ☑ operation [ˌɑpə`reʃən]
　　名 ❶「操作／運轉」 ❷「手術」

例 The plant has been in **operation** for two years.
　　「這家工廠已經運作了兩年。」
動 óperàte「運作／運轉」
相關 óperàtor「接線生／進行手術的醫生」

解答

❶ 開發
❷（C）（A）interest「興趣」（➡578）／（B）concern「擔心」（➡❷667）／（C）instruction「指示」（➡❷089）／（D）director「董事／管理者」（➡010）
譯「你當初應該聽從他的指示。」

● 將句中劃底線的單字譯成中文填入空格。

☑❶ I think the fuel supply will be restricted.

「我認為燃料（　　　）將受到限制。」

● 從（A）～（D）中選出底線單字的同義詞。

☑❷ The committee accepted the proposal.

（A）suggestion　　（B）position

（C）refusal　　　（D）information

---

057 ☑ **supply** [sə`plaɪ]

名「供給」他「供給」

類 **províde**「供給」

反 **demánd**「需要」

058 ☑ **proposal** [prə`pozl]

名「提案／計畫」

類 **suggéstion**「提案」

動 **propóse**「提議」

059 ☑ **suggestion** [sə`dʒɛstʃən] 名「提案」

例 His **suggestion** was rejected.

「他的提案被否決了。」

類 **propósal**「提案」

動 **suggést**「提議」

060 ☑ **career** [kə`rɪr]
　名「經歷／職業」

例 His **career** as a doctor began in 1992 when he graduated from the university.
　「他當醫生的經歷始於1992年大學畢業時。」

類 **báckgròund**「經歷」
　òccupátion / proféssion / jób / wórk「職業」

061 ☑ **system** [`sɪstəm]
　名「制度／體制／系統」

例 We need to reform the education **system**.
　「我們需要改革教育制度。」

類 **estáblishment**「制度」
　strúcture「體制」
　organizátion「組織」

形 **sỳstemátic**「有組織的／成體系的」

副 **sỳstemátically**「有組織地／有體系地」

解答

❶ 供給

❷ （A）（B）position「立場」／（C）refusal「拒絕」／（D）information「資訊」

譯「委員會接受這項提案。」

名詞（13）商用語

- 將句中劃底線的單字譯成中文填入空格。
☑❶ Toyota is a <u>pioneer</u> in hybrid vehicles.
「豐田汽車是油電混和汽車的（　　）。」
- 從（Ａ）～（Ｄ）中選出底線單字的同義詞。
☑❷ She is well known as an <u>expert</u> in this field.
　（Ａ）lawyer　　　（Ｂ）specialist
　（Ｃ）employer　　（Ｄ）manager

---

062 ☑ **background** [`bæk͵graʊnd] 名「背景／經歷」

例 She has a great academic **background**.

「她有優秀的學術背景。」

類 **expérience**「經驗」

063 ☑ **specialty** [`spɛʃəltɪ] 名「專長／專業／特性」

例 His **specialty** is architecture.

「他的專長是建築。」

形 **spécial**「特別的／特殊的」

副 **spécially**「特別地」

064 ☑ **expert** [`ɛkspɚt] 名「專家／熟練者」

類 **spécialist**「專家」

相關 **èxpertíse**「專門技術〔知識〕」

065 ☑ **specialist** [`spɛʃəlɪst]
　名「專家／專科醫生」

例 You should see an eye **specialist**.
　「你應該去看眼科醫生。」
類 **éxpert**「專家」
形 **spécial**「特別的／專門的」
相關 **spécialty**「專業／特徵」

066 ☑ **pioneer** [ˌpaɪə`nɪr]
　名「先驅／先鋒／開拓者」

類 **séttler**「開拓者」

067 ☑ **seminar** [`sɛməˌnɑr]
名「專題討論會／研究班」

例 I attended a **seminar** on how to attract more customers.
　「我參加了一個有關如何吸引更多顧客的專題討論會。」

解答

❶ 先驅
❷ （B）（A）lawyer「律師」／（C）employer「雇主／董事長」（➡003）／（D）manager「管理者／經營者」
譯「她在這個領域是有名的專家。」

● 將句中劃底線的單字譯成中文填入空格。

☐❶ The country depends heavily on <u>tourism</u>.

「這個國家嚴重依賴（　　　）。」

● 從（A）～（D）中選出最適當的選項填入空格裡。

☐❷ It is illegal to operate a motor（　　）while under the influence of alcohol.

（A）industry　　　（B）organization

（C）vehicle　　　（D）engineer

---

068 ☐ **passenger** [`pæsn̩dʒɚ] 图「乘客」

例 The bus was full of **passengers** at that time.

「公車在當時是載滿乘客的。」

069 ☐ **tourism** [`tʊrɪzəm]

图「觀光旅行／觀光事業」

070 ☐ **vehicle** [`viəkl̩] 图「交通工具／汽車」

類 **cár / áutomobíle**「汽車」

071 ☐ **automobile** [`ɔtəmə͵bɪl] 图「汽車」

例 **Automobile** sales are falling sharply.

「汽車銷售量急速下降。」

類 **véhicle / cár**「汽車」

072 ☑ **van** [væn]

　　名「廂型車／有蓋小貨車」

例 There is a **van** parked in front of the building.

　　「有一台廂型車停在建築物前面。」

073 ☑ **subway** [ˋsʌb͵we] 名「地鐵」

例 The **subway** station is in front of the hotel.

　　「地鐵站就在飯店前面。」

⊘ 「地鐵」在美國稱為**súbwày**，在英國稱為
úndergròund。

074 ☑ **platform** [ˋplæt͵fɔrm] 名「月台」

例 There was a large crowd on the **platform**.

　　「有一大群人在月台上。」

075 ☑ **path** [pæθ] 名「小徑」

例 The man is walking down the **path**.

　　「這個男人正走下小徑。」

解答

❶ 觀光事業

❷ （C）（A）industry「工業」（➡020）／
　　（B）organization「組織」（➡038）／
　　（D）engineer「技師／工程師」

譯「酒駕是違法的。」

- 將句中劃底線的單字譯成中文填入空格。
☑❶ Everyone should go to the <u>dentist</u> at least once a year for a checkup.
「每人每年至少應看一次（　　）做個檢查。」
- 從（A）～（D）中選出底線單字的同義詞。
☑❷ A well-balanced diet is important to prevent <u>disease</u>.
（A）feeling （B）illness
（C）absence （D）lack

076 ☑ **dentist** [ˋdɛntɪst] 图「牙醫」
形 **déntal**「牙齒的／牙科的」

077 ☑ **medicine** [ˋmɛdəsn]
图 ❶「藥」❷「醫學」
例 Take this **medicine** once a day after dinner.
「請在每天晚餐後服用此藥一次。」
類 **drúg**「藥」、**médical scíence**「醫學」
形 **médical**「醫學的」

078 ☑ **clinic** [ˋklɪnɪk] 图「診所」
例 The dental **clinic** is on the second floor.
「牙醫診所位在二樓。」

079 ☑ **disease** [dɪ`ziz]

　图「**疾病**」

圞 **íllness / síckness**「疾病」

080 ☑ **drug** [drʌg] 图「**毒品／藥品**」

例 Last night 10 men were arrested for selling **drugs**.

　「昨晚10個男人因販毒被捕。」

圞 **médicine**「藥」

相關 **drúgstòre**「藥局」

081 ☑ **flu** [flu] 图「**流感**」

例 He is sick in bed with the **flu**.

　「他因流感臥病在床。」

⚷ 本單字為**ìnfluénza**的縮寫，大多會加上the寫成**the flu**。

相關 **cóld**「感冒」

　例 I have a **cold**.

　　「我感冒了。」

解答

❶ 牙醫〔牙科醫生〕

❷ （B）（A）feeling「感情」／（B）illness「疾病」／（C）absence「缺席」／（D）lack「缺少」（➡218）

譯「均衡的飲食對預防疾病是很重要的。」

● 將句中劃底線的單字譯成中文填入空格。

☐❶ The tickets can be bought from the <u>vending machine</u> in front of the bus stop.

「車票可以在公車站前面的（　　　）購得。」

● 從（A）～（D）中選出底線單字的同義詞。

☐❷ The store was crowded with <u>shoppers</u>.

（A）owners　　　　（B）children

（C）workers　　　　（D）customers

082 ☐ **cancer** [`kænsɚ] 图「癌症」

例 His grandfather died of lung **cancer**.

「他的爺爺死於肺癌。」

083 ☐ **tablet** [`tæblɪt] 图「藥丸」

例 I take vitamin **tablets** every day.

「我每天服用維他命藥丸。」

類 **pill**「藥丸」

084 ☐ **coupon** [`kupɑn] 图「優待券／折價券」

例 My wife collects **coupons** to save money.

「我的老婆為了省錢蒐集折價券。」

類 **voucher**「折價券」

085 ☐ **shopper** [ʃɑpɚ] 名「購物者」

類 **cústomer**「顧客」

086 ☐ **vending machine** [ˋvɛndɪŋ məˋʃin]
名「自動販賣機」

087 ☐ **jewelry** [ˋdʒuəlrɪ] 名「珠寶」

例 She doesn't wear a lot of **jewelry**.

「她身上沒有戴很多珠寶。」

類 **jéwel**「寶石」

⏺ **jewelry**指「珠寶」的總稱，**jewel**則是指個別的
「寶石」。

088 ☐ **luxury** [ˋlʌkʃərɪ]
名「奢侈品／奢華（的事）」

例 We can't afford to buy **luxuries** like expensive
wine.

「我們負擔不起買高價洋酒之類的奢侈品。」

形 **luxúrious**「奢侈的／豪華的」

解答

❶ 自動販賣機

❷ （D）（A）owner「擁有者／物主」／（B）children
「孩子」／（C）worker「勞工」／（D）customer
「顧客」（➡011）

譯「這家店擠滿了購物者。」

名詞（17）日常用語

● 將句中劃底線的單字譯成中文填入空格。

☐❶ The cosmetics are located on the first floor
of the department store.

「（　　　　）位於百貨公司的一樓。」

● 從（A）～（D）中選出底線單字的同義詞。

☐❷ There are many clothing shops around here.

（A）cloth （B）clothes
（C）close （D）closure

---

089 ☐ **cashier** [kæˋʃɪr] 图「結帳員」

例 He handed the bill to the **cashier**.

「他把帳單遞給結帳員。」

090 ☐ **baggage** [ˋbægɪdʒ] 图「行李」

例 He loaded the **baggage** into the car.

「他把行李裝進車內。」

類 **lúggage**「行李」

🕐 美國主要使用**baggage**，英國主要使用**luggage**。

091 ☐ **photograph** [ˋfotəˏgræf]
图「照片」他「將～拍成照片」

例 The **photograph** on the wall was taken in 1971.

「牆上的照片攝於1971年。」

類 **pícture**「照片」

形 **phòtográphic**「照相的」

相關 **photógrapher**「照相師」

photógraphy「照相術」

092 ☑ **clothing** [ˋkloðɪŋ]

名「衣服（總稱）」

類 **clóthes**「衣服」

093 ☑ **cosmetic** [kɑzˋmɛtɪk]

名「化妝品」 形「化妝的」

類 **mákeùp**「化妝品」

094 ☑ **appearance** [əˋpɪrəns]

名 ❶「外表」 ❷「出現」

例 You shouldn't judge people by their **appearance**.

「你不應該用外表來判斷人。」

動 **appéar**「出現／看起來」

解答

❶ 化妝品

❷（B）（A）cloth「布」／（B）clothes「衣服」／（C）close「關閉／近的」／（D）closure「結束／打烊」（➡❸111）

譯「這附近有很多服飾店。」

名詞（18）日常用語

- 將句中劃底線的單字譯成中文填入空格。

☑❶ We bought some furniture from the store.

　「我們在那家店買了一些（　　　）。」

- 從（A）～（D）中選出底線單字的同義詞。

☑❷ The Internet is a powerful communication tool.

　（A）road　　　　（B）phone

　（C）activity　　　（D）means

---

095 ☑ **avenue** [`ævə͵nu]

　图「大街」

例 His office is across the **avenue**.

　「他的辦公室在大街對面。」

類 **róad / stréet**「街道」

096 ☑ **tool** [tul]

　图「工具／手段」

類 **ímplement / ínstrument**「工具」

　méans「手段」

097 ☑ **furniture** [`fɝnɪtʃɚ]

　图「家具」

動 **fúrnish**「為～配置必要的東西」

098 ☑ **cellular phone** [ˈsɛljələ fon] 图「**行動電話**」

例 Do not use a **cellular phone** while driving.

「開車時不要使用行動電話。」

類 **céll phòne / móbile phóne**「行動電話」

099 ☑ **shelf** [ʃɛlf] 图「**架子**」

例 The book is on the top **shelf**.

「這本書在最高的架子上。」

⏺ 複數形為**shelves**。

相關 **bóokshèlf**「書架」

100 ☑ **tip** [tɪp]

图 ❶「**小費**」 ❷「**建議**」 ❸「**祕訣／頂端**」

例 I paid $30 including **tips**.

「包括小費，我付了30美元。」

例 He gave me a **tip** on how to find a job.

「他給了我有關如何找工作的建議。」

類 **gratúity**「小費」、**advíce**「建議」、
hínt「祕訣」、**póint**「頂端」

片 **the típ of the íceberg**「冰山一角」

解答

❶ 家具

❷ （D）（A）road「道路」／（B）phone「電話」／
（C）activity「活動」（➡176）／（D）means
「手段」（➡194）

譯「網路是一種強力的溝通手段。」

● 將句中劃底線的單字譯成中文填入空格。

☑❶ Can I use these scissors?

「我可以使用這把（　　　）嗎？」

● 從（A）～（D）中選出最適當的選項填入空格裡。

☑❷ I heated the food in the (　　　).

（A）microwave　　（B）telescope

（C）microscope　　（D）microphone

---

101 ☑ **ceiling** [`silɪŋ]

图「天花板」

例 I noticed a stain on the **ceiling**.

「我注意到天花板上有汙漬。」

102 ☑ **curtain** [`kɝtn]

图「窗簾」

例 When I opened the **curtains**, it was snowing.

「當我拉開窗簾時，外面正在下雪。」

103 ☑ **refrigerator** [rɪ`frɪdʒəˌretɚ]

图「冰箱」

例 He took the beer out of the **refrigerator**.

「他從冰箱拿出啤酒。」

⏺ **frídge** 為本單字的縮寫。

104 ☐ **microwave (oven)** [ˋmaɪkroˌwev (ˋʌvən)]
名「微波爐」

105 ☐ **scissors** [ˋsɪzɚz]
名「剪刀」

106 ☐ **envelope** [ˋɛnvəˌlop] 名「信封」
例 Would you address the **envelope** and stamp it?
「可以請您在信封上寫上地址並貼上郵票嗎？」
動 **envélop**「包住」

107 ☐ **garage** [gəˋrɑʒ]
名「車房／車庫／（汽車）修理廠」
例 I'm looking for a house with a **garage**.
「我正在找一間有車庫的房子。」
⚠ 注音發音！

108 ☐ **dust** [dʌst] 名「塵土／灰塵」
例 She wiped the **dust** off the table.
「她擦乾淨桌上的灰塵。」

解答

❶ 剪刀
❷ （A）（B）telescope「望遠鏡」（➡❷150）／
（C）microscope「顯微鏡」（➡❷149）／
（D）microphone「麥克風」
譯「我把食物放入微波爐加熱。」

> ● 將句中劃底線的單字譯成中文填入空格。
> ☐❶ One of my cousins lives in New York.
> 「我有一位（　　　）住在紐約。」
> ● 從（A）～（D）中選出底線單字的同義詞。
> ☐❷ I had a conversation with her mother last night.
> 　　（A）look　　　　　（B）talk
> 　　（C）time　　　　　（D）fun

109 ☐ **recreation** [ˌrɛkrɪˈeʃən]
　　名「娛樂／消遣／遊戲」

例 These facilities are used for **recreation** by students.
　　「這些設施是讓學生娛樂用的。」

類 **pástìme**「娛樂／消遣」

形 **rècreátional**「娛樂的」

110 ☐ **conversation** [ˌkɑnvɚˈseʃən] 名「會話」

類 **tálk**「講話」

動 **convérse**「交談」

111 ☐ **cousin** [ˈkʌzən] 名「親戚／表、堂兄弟姊妹」

相關 **rélative**「親戚」

112 ☐ **access** [ˋæksɛs]

图「取得〔接近／利用〕的方法／接近／使用」

例 If you don't have **access** to a computer at home, you can use the computers in your local library.

「如果你在家沒有電腦可使用，可以到社區圖書館使用電腦。」

形 **accéssible**

「可取得〔接近／利用〕的／容易接近的」

相關 **accèssibílity**「可取得〔接近／利用〕」

113 ☐ **departure** [dɪˋpartʃɚ]

图「出發」

例 You need to arrive at the airport at least 2 hours before the **departure** time when traveling abroad.

「出國旅行時，你至少必須在出發前2小時抵達機場。」

動 **depárt**「出發」

相關 **depártment**「（公司等的）部門／科」

解答

❶ 親戚

❷（B）（A）look「神色／看」／（B）talk「會話／說話」／（C）time「時間」／（D）fun「樂趣」

譯「我昨晚和她的母親交談。」

名詞（21）日常用語

- 將句中劃底線的單字譯成中文填入空格。
- ☑❶ A storm <u>warning</u> has been issued for the area.

  「這個地區已發布（　　）。」
- 從（A）～（D）中選出底線單字的同義詞。
- ☑❷ I like the <u>flavor</u> of this ice cream.
  - （A）taste
  - （B）brand
  - （C）company
  - （D）shop

114 ☑ **weather report** [`wɛðɚ rɪ`port]
　　图「天氣預報」

例 The **weather report** says it's going to rain this afternoon.

　　「天氣預報說今日午後有雨。」

類 **wéather fórecàst**「天氣預報」

115 ☑ **climate** [`klaɪmɪt]
　　图「氣候」

例 This island has a mild **climate** all year round.

　　「這個島整年都是溫暖的氣候。」

ⓘ **climate**是指「某地區整年的氣候」，**weather**是指「每天的天氣」。

116 ☑ **temperature** [ˋtɛmprətʃɚ] 名「**溫度**」

例 What is the **temperature** outside?

「外面的氣溫幾度？」

相關 **thermómeter**「溫度計」

117 ☑ **infant** [ˋɪnfənt] 名「**幼兒／嬰兒**」

例 **Infants** learn through imitation.

「嬰兒藉由模仿來學習。」

⏰ 通常是指開始學步前的嬰兒。

118 ☑ **warning** [ˋwɔrnɪŋ] 名「**警告／警報**」

類 **cáution**「警告」

動 **wárn**「警告／注意」

119 ☑ **flavor** [ˋflevɚ] 名「**口味／風味**」

類 **táste**「口味」

120 ☑ **chef** [ʃɛf] 名「**料理長／主廚**」

例 The restaurant hired a new **chef**.

「餐廳聘請了一位新主廚。」

類 **cóok**「廚師／做菜」

解答

❶ 暴風（雨）警報

❷ （A）（A）taste「口味」／（B）brand「品牌」
（➡142）／（C）company「公司」／（D）shop
「商店」

譯「我喜歡這個冰淇淋的口味。」

- 將句中劃底線的單字譯成中文填入空格。
☐❶ I'm afraid I must decline your <u>invitation</u>.
　「我很遺憾必須婉拒你的（　　）。」
- 從（A）～（D）中選出最適當的選項填入空格裡。
☐❷ She hopes to hold an (　　) of the pictures
　she took in Egypt.
　（A）exit　　　　　（B）exhibit
　（C）existence　　（D）exhibition

---

121 ☐ **exhibition** [ˌɛksə`bɪʃən]
　图「**展覽會／展示**」
類 **shów**「展示會」、**displáy**「展示」
動 **exhíbit**「展出」

122 ☐ **floor** [flɔr] 图「**樓／地板**」
例 The meeting room is on the second **floor**.
　「會議室位在二樓。」
⏱ **stóry**「樓層」是指「樓層數」與建築整體的高度。

123 ☐ **membership** [`mɛmbɚˌʃɪp]
　图「**（俱樂部等的）會員身分／會員（數）**」
例 The annual **membership** fee is $120.
　「會員年費是120美元。」

124 ☑ **fee** [fi]

名「酬勞／費用」

例 The client paid the lawyer's **fee** in full.

「客戶全額支付律師酬勞。」

🕐 **fee** 特別是指支付給醫生、律師等的「酬勞」，其他與有關的單字結合時是指「費用」。請參考以下的相關語。

相關 **admissíon[éntrance] fèe**「入場費」
　　 àpplicátion fèe「申請費」

125 ☑ **invitation** [ˌɪnvəˈteʃən]

名「邀請／邀請函」

動 **invíte**「邀請」

126 ☑ **garbage** [ˈgɑrbɪdʒ]

名「垃圾」

例 Don't forget to take out the **garbage**.

「不要忘了把垃圾拿出去。」

類 **rúbbish / trásh**「垃圾」

解答

❶ 邀請

❷ （D）（A）exit「出口」／（B）exhibit「展示」／
（C）existence「存在」（➡180）

譯 「她希望舉辦一場攝影展，展出她在埃及拍攝的照片。」

● 將句中劃底線的單字譯成中文填入空格。

☑❶ He was born in a small village in India.

「他生於印度的一個小（　　　）。」

● 從（A）～（D）中選出底線單字的同義詞。

☑❷ To be a good athlete, you must train every day.

　　（A）student　　　（B）player

　　（C）scholar　　　（D）teacher

---

127 ☑ **village** [`vɪlɪdʒ] 图「村莊」

相關 **víllager**「村民」

128 ☑ **athlete** [`æθlit] 图「運動員」

類 **pláyer**「選手」

129 ☑ **check** [tʃɛk]

图 ❶「支票」❷「檢查」他 自「查核」

例 Payment must be made in cash or by **check**. We do not accept credit cards.

「請用現金或支票付款。我們不接受信用卡。」

類 **exámine**「調查」

片 **chéck in** ～「辦理住房〔登機〕手續」

相關 **chéckùp**「健康檢查」

130 ☐ **grocery store** [ˋgrosərɪ stor]

名「食品雜貨店」

例 I went to the **grocery store** to buy some milk.

「我去食品雜貨店買了一些牛奶。」

131 ☐ **cart** [kɑrt]

名「手推車／（購物）車」

例 The woman is pushing a **cart**.

「這名女性正推著購物車。」

類 **hándcàrt**「手推車」

132 ☐ **tie** [taɪ]

名 ❶「領帶／繩子」❷「關係」他「打結／捆」

例 He doesn't have to wear a **tie** to work.

「他上班不需要打領帶。」

例 The dog is **tied** to the pole.

「狗被栓在柱子。」

動 **bínd**「綑綁」

解答

❶ 村莊

❷（B）（A）student「學生」／（B）player
「選手」／（C）scholar「學者」／（D）teacher
「教師」

譯「要成為一位優秀的選手，你必須每天做訓練。」

- 將句中劃底線的單字譯成中文填入空格。
☐❶ She seems to be <u>in a bad mood</u> today.
「她今天似乎（　　　）。」
- 從（A）～（D）中選出底線單字的同義詞。
☐❷ The <u>container</u> is filled with various goods.
　　（A）case　　　　　　（B）supermarket
　　（C）grocery store　　（D）shelf

---

133 ☐ **volunteer** [ˌvɑlən`tɪr]

　名「志工／志願者」

　他 自「自願做」

例 We need some **volunteers** to help with the event.

「我們需要一些志工幫忙這件事。」

形 **vóluntàry**「自願的」

副 **vòluntárily**「自願地」

134 ☐ **divorce** [də`vors]

　名「離婚」

　他「與～離婚」

例 His parents got a **divorce** when he was 7.

「他的父母在他7歲時離婚。」

135 ☑ **container** [kən`tenɚ] 名 「容器」

類 **cáse / bóx** 「容器」

動 **contáin** 「包含」

136 ☑ **atmosphere** [`ætməsˌfɪr]
名 「氛圍／空氣」

例 The café has a pleasant **atmosphere** and fairly good meals.

「這家咖啡廳有令人愉悅的氛圍及相當不錯的餐點。」

類 **áir** 「空氣」

137 ☑ **mood** [mud] 名 「心情」

類 **féeling** 「心情」

138 ☑ **vacation** [ve`keʃən] 名 「假期」

例 How was your summer **vacation**?

「你的暑假過得如何？」

類 **hólidày** 「假期」

解答

❶ 情緒（心情）不好

❷ （A）（A）case「容器」（➡250）／
（B）supermarket「超級市場」／（C）grocery store「食品雜貨店」（➡130）／（D）shelf「架子」（➡99）

譯 「這個容器裝滿各種商品。」

- 將句中劃底線的單字譯成中文填入空格。
☑❶ The man is wearing <u>glasses</u>.
　「這位男性戴著（　　　）。」
- 從（A）～（D）中選出最適當的選項填入空格裡。
☑❷ The book has gained great (　　).
　（A）invitation　　　（B）situation
　（C）population　　　（D）popularity

---

139 ☑ **playground** [`ple͵graʊnd]

　图「**運動場／遊樂場**」

例 Many children are playing in the **playground**.

　「許多孩子們正在運動場玩。」

140 ☑ **native** [`netɪv]

　图「**當地人／本地人／本國人**」

　形「**出生地的／祖國的**」

例 She speaks English like a **native**.

　「她講英文就像當地人一樣。」

141 ☑ **popularity** [͵pɑpjə`lærətɪ]

　图「**名氣**」

　⏱ 注意勿與**pòpulátion**「人口」混淆！

142 ☑ **brand** [brænd]
　　名「商標／烙印／品牌」
例 Which **brand** of beer do you like best?
　　「你最喜歡哪一個品牌的啤酒？」

143 ☑ **glasses** [`glæsɪz] 名「眼鏡」
　　⏱ 若作為 **gláss**「玻璃」之意，則為不可數名詞。

144 ☑ **museum** [mju`zɪəm]
　　名「博物館／美術館」
例 This **museum** has a wonderful collection of
　　paintings.
　　「這個美術館有很棒的繪畫收藏。」

145 ☑ **amateur** [`æmə,tʃʊr]
　　名「外行人／業餘從事者」
例 He decided to enter the **amateur** photography
　　competition.
　　「他決定參加業餘攝影比賽。」
類 **láyman**「外行人」

解答
❶ 眼鏡
❷ （D）（A）invitation「邀請」（➡125）／
　　（B）situation「狀況」／（C）population「人口」
譯「這本書受到熱烈歡迎。」

● 將句中劃底線的單字譯成中文填入空格。

☐❶ We stayed in a <u>log cabin</u> for a week.

「我們住在一間（　　　）一個禮拜。」

● 從（A）～（D）中選出底線單字的同義詞。

☐❷ The <u>shipment</u> arrived this morning.

（A）load 　　　（B）train

（C）passenger 　（D）appointment

---

146 ☐ **port** [pɔrt]

　　图「港／港口」

例 A big ship is coming into **port**.

「一艘大船即將入港。」

類 **hárbor**「港灣」

147 ☐ **dock** [dɑk]

　　图「船塢／碼頭」

例 There are some boats at the **dock**.

「碼頭內有數艘船。」

148 ☐ **souvenir** [`suvəˌnɪr]

　　图「特產／紀念品」

例 I bought some **souvenirs** at the gift shop.

「我在禮品店買了一些紀念品。」

149 ☐ **statue** [`stætʃʊ]

名「塑像／雕像」

例 There is a bronze **statue** in front of the building.

「這棟建築物前有一尊銅像。」

⏱ **the Státue of Líberty**「自由女神像」

類 **scúlpture**「雕像」

150 ☐ **cabin** [`kæbɪn]

名「（木造）小屋／小房子／客艙」

類 **hút**「小屋」

151 ☐ **shipment** [`ʃɪpmənt] 名「貨物／運送」

類 **lóad / cárgo**「貨物」

動 **shíp**「運送」

152 ☐ **shuttle** [`ʃʌtl̩]

名「定期往返班次／短程穿梭（公車）」

例 A **shuttle** bus runs from the station to the airport.

「短程穿梭公車（接駁車）從車站到機場來回運行。」

解答

❶ 小木屋

❷ （A）（A）load「貨物」（➡❷412）／（B）train
「火車」／（C）passenger「乘客」（➡068）／
（D）appointment「預約／約定」（➡033）

譯「貨物今早送達。」

● 將句中劃底線的單字譯成中文填入空格。

☐❶ Many people are watching the <u>fireworks</u>.

「很多人正在看（　　）。」

● 從（A）～（D）中選出最適當的選項填入空格裡。

☐❷ The (　　) was canceled due to mechanical problems.

（A）grass 　　　（B）flight

（C）divorce 　　 （D）village

---

153 ☐ **visa** [vizə]

名「簽證」

例 I applied for a **visa** to New Zealand.

「我申請了紐西蘭簽證。」

154 ☐ **gallery** [ˋgælərɪ]

名「畫廊」

例 I went to the **gallery** to see their paintings.

「我去畫廊看他們的畫作。」

155 ☐ **grass** [græs]

名「草」

例 Some people are lying on the **grass**.

「有些人躺在草地上。」

156 ☑ **firework** [`faɪr͵wɜˑk] 名「煙火」

🎵 **wórk**「工作」、**hómewòrk**「家庭作業」、**hóusewòrk**「家事」皆為不可數名詞，**firework** 為可數名詞。

157 ☑ **inn** [ɪn] 名「小旅館」

例 He stayed in the **inn** for three days.

「他住在小旅館三天。」

類 **hotél**「飯店／旅館」

158 ☑ **flight** [flaɪt]

名「飛行／定期航班／班機」

動 **flý**「飛」

159 ☑ **crossing** [`krɔsɪŋ]

名「十字路口／橫越」

例 Turn right at the next **crossing**.

「請在下一個十字路口右轉。」

類 **ìnterséction / júnction**「十字路口」

動 **cróss**「橫越」

解答

❶ 煙火

❷ （B）（A）grass「草地」（➡155）／（C）divorce
「離婚」（➡134）／（D）village「村莊」（➡127）

譯「這個航班由於機械系統出問題而取消。」

- 將句中劃底線的單字譯成中文填入空格。
☑❶ The <u>wheat</u> was harvested yesterday.
「昨天（　　）收割了。」
- 從（A）～（D）中選出底線單字的同義詞。
☑❷ The dog is sleeping on the <u>rug</u>.
（A）chair　　　　（B）inn
（C）table　　　　（D）carpet

---

160 ☑ **terminal** [ˋtɝmən!]
图「（火車、公車等的）總站（大樓）」
形「終點的／（疾病）末期的」
例 Some people are waiting for the bus at the **terminal**.
「有些人正在總站等公車。」

161 ☑ **leather** [ˋlɛðɚ] 图「皮革／皮革製品」
例 He wore a **leather** jacket.
「他穿著皮夾克。」

162 ☑ **battery** [ˋbætərɪ] 图「電池／蓄電池」
例 I have to charge the **battery**.
「我必須把電池充電。」
類 **céll**「電池」

163 ☑ **rug** [rʌg] 图「地毯／墊子」

圈 **cárpet**「地毯」、**mát**「墊子」

🕐 嚴格來說，**rug**是指放在一部分地板上的小地毯；**carpet**則是鋪在整個地板上，且一般是固定不動的。

164 ☑ **wheat** [hwit] 图「小麥」

相關 **flóur**「麵粉」

165 ☑ **dessert** [dɪ`zɜ·t] 图「甜點」

例 I ordered chocolate cake for **dessert**.

「我點了巧克力蛋糕當甜點。」

🕐 注意勿與**désert**「沙漠」混淆！

166 ☑ **slice** [slaɪs]

图「（麵包等薄的）一片／薄片」

他 自「切薄片」

例 I had a **slice** of pizza for dinner.

「我吃了一片披薩當晚餐。」

圈 **píece**「一片」

解答

❶ 小麥

❷ （D）（A）chair「椅子」／（B）inn「小旅館」（➡157）／（C）table「桌子」／（D）carpet「地毯」

譯「狗正在地毯上睡覺。」

名詞（29）一般用語

- 將句中劃底線的單字譯成中文填入空格。
☐❶ They hope for a good harvest.
　「他們希望有個（　　　）。」
- 從（A）～（D）中選出底線單字的同義詞。
☐❷ In these countries, over 40 percent of the people are engaged in agriculture.
　（A）volunteer　　　（B）industry
　（C）invention　　　（D）farming

---

167 ☐ **agriculture** [ˋægrɪˌkʌltʃɚ]
　图「農業」

類 **fárming**「農業」
形 **àgricúltural**「農業的」

168 ☐ **farm** [fɑrm]
　图「農場」
　他 自「耕作」

例 I want to work on a **farm** in the future.
　「我未來想在農場工作。」
類 **cúltivàte**「耕作」
相關 **fármer**「農場經營者／農夫」
　　 fárming「農業」

169 ☐ **harvest** [`hɑrvɪst]

　图「收穫（量）／成果（譬喻法）」

　他 自「收割」

　類 **cróp**「收穫（物）」

170 ☐ **creature** [`kritʃɚ] 图「生物／動物」

　例 There are many interesting sea **creatures**
　living in the area.

　「有很多有趣的海洋生物棲息在這地區。」

　類 **líving thíng**「生物」、**ánimal**「動物」

　⚠ **créature**不包括植物，**líving thíng**才有包含植
　物。

　動 **creáte**「創造」

　形 **creátive**「創造的／有創造力的」

171 ☐ **zone** [zon] 图「區域／地區／地帶」

　例 Make sure you park your car in the parking
　zone on the opposite side of the road.

　「請務必把車子停在對面的停車區域。」

　類 **área**「區域／地區」

解答

❶ 好豐收

❷ （D）（A）volunteer「志工」（➡133）／
　（B）industry「工業」（➡020）／（C）invention
　「發明」／（D）farming「農業」

譯「在這些國家，有超過40%的人民從事農業。」

名詞（30）一般用語

- 將句中劃底線的單字譯成中文填入空格。
☑❶ The election will take place in September.
「（　　　）將在九月舉行。」
- 從（A）～（D）中選出底線單字的同義詞。
☑❷ Many universities give financial aid to students.
（A）question 　　　（B）problem
（C）advice 　　　（D）help

172 ☑ **aid** [ed]
图「援助」
他 自「支援」
類 **hélp／suppórt**「援助／支援」
assístance「援助」

173 ☑ **cabinet** [`kæbənɪt]
图 ❶「儲藏櫃／陳列櫃」 ❷「內閣」
例 I took out two cups from the **cabinet**.
「我從櫃子取出兩個杯子。」

174 ☑ **election** [ɪ`lɛkʃən]
图「選舉」
動 **eléct**「（用投票來）選擇」

175 ☑ **sketch** [skɛtʃ]

名 ❶「概略／概要」 ❷「草圖」

他 自 ❶「草擬」 ❷「概述」

例 I have to make a **sketch** of the plan.

「我必須製作一份計畫的概要。」

類 **óutlìne / súmmary**「概略」、**dráwing**「草圖」、
dráw「草擬」、**óutlìne**「概述」

176 ☑ **activity** [æk`tɪvətɪ] 名「活動」

例 Most students participate in club **activities**.

「大部分的學生參加社團活動。」

動 **áctivàte**「使活動起來」

形 **áctive**「活躍的」

副 **áctively**「活躍地」

177 ☑ **generation** [ˌdʒɛnə`reʃən] 名「世代」

例 This song is very popular with the younger
generation.

「這首歌非常受年輕世代歡迎。」

動 **géneràte**「產生」

解答

❶ 選舉

❷ （D）（A）question「疑問」／（B）problem「問
題」／（C）advice「忠告／建議」／（D）help「幫
助」

譯「許多大學給予學生金錢上的援助。」

● 將句中劃底線的單字譯成中文填入空格。

☑❶ He has 10 years of experience as a sales manager.

「他有10年擔任銷售經理的（　　　）。」

● 從（A）～（D）中選出底線單字的同義詞。

☑❷ The arts play an important role in improving the quality of life.

（A）part （B）tradition

（C）history （D）progress

---

178 ☑ **aim** [em]

名「瞄準／目標」

自「瞄準」

他（**aim** *A* **at** *B*）「將A瞄準B」

例 Our **aim** is to satisfy customers by providing proper services.

「我們的目標是提供適當的服務以滿足客人。」

例 The campaign was **aimed** at young people.

「這場活動瞄準了年輕人。」

類 **góal** / **óbject** / **objéctive**「目的」

179 ☑ **role** [rol] 图「**角色**」

片 **play a ... role[part] in ~**「在～中扮演～角色」

類 **párt**「角色」

180 ☑ **existence** [ɪgˋzɪstəns] 图「**存在／生存**」

例 Do you believe in the **existence** of ghosts?

「你相信幽靈的存在嗎？」

動 **exíst**「存在／生存」

181 ☑ **experience** [ɪkˋspɪrɪəns]

图「**經驗**」他「**體驗**」

⏣ 注意勿與**expériment**「實驗」混淆！

形 **expérienced**「經驗豐富的」

182 ☑ **experiment** [ɪkˋspɛrəmənt]

图「**實驗**」自「**做實驗**」

例 They carried out a series of **experiments** on animals.

「他們對動物進行一連串的實驗。」

類 **tést**「檢查」

解答

❶ 經驗

❷ （A）（A）part「角色」／（B）tradition「傳統」／
（C）history「歷史」／（D）progress「進步」
（➡186）

譯「藝術對於提高生活品質扮演著重要的角色。」

● 將句中劃底線的單字譯成中文填入空格。

☑❶ We are satisfied with the results.

「我們對（　　　）很滿意。」

● 從（A）～（D）中選出底線單字的同義詞。

☑❷ It might be useful for you to know about the effects of smoking on a smoker's health.

（A）affects 　　　（B）harms
（C）defects 　　　（D）impacts

183 ☑ **conclusion** [kən`kluʒən] 图「結論／結束」

例 How did you reach that **conclusion**?

「你是如何得到那個結論的？」

動 **conclúde**「做出結論／結束」

184 ☑ **result** [rɪ`zʌlt]

图「結果」

自 ❶「結果是」<in> ❷「產生」<from>

例 Most of those attempts **resulted** in failure.

「那些嘗試大部分都是以失敗告終。」

✐ 動詞後面的介係詞也一起記下來吧！

resúlt in ~「導致」、**resúlt from** ~「起因於」

類 **cónsequènce**「結果」

185 ☐ **effect** [ɪ`fɛkt]

图「影響／效果」

類 **ínfluence / ímpact**「影響」

動 **afféct**「影響」

形 **efféctive**「有效的」

副 **efféctively**「有效地」

片 **come[go] into efféct**「（法律等）生效／有效」

例 The rule **comes into effect** in April.

「這項規定於四月生效。」

186 ☐ **progress** 图 [`prɑgrɛs] 自 [prə`grɛs]

图「進步」

自「進展」

例 The country has made rapid **progress** in recent years.

「國家近幾年快速發展。」

類 **advánce**「進步／進展」、**adváncement / impróvement**「進步」、**impróve**「進步」

形 **progréssive**「進步的」

解答

❶ 結果

❷ （D）（A）affect 動「影響」（➡273）／ （B）harm「傷害」／（C）defect「缺點」 （➡❸193）／（D）impact「影響」

譯「了解吸菸對吸菸者健康的影響對你應該有幫助。」

名詞（33）一般用語

● 將句中劃底線的單字譯成中文填入空格。

☐ ❶ The world has changed dramatically in the last two decades.

「這個世界在近（　　　）急遽地變化。」

● 從（A）～（D）中選出最適當的選項填入空格裡。

☐ ❷ I agree with you to a certain (　　).

（A）destination　　（B）degree

（C）situation　　　（D）reason

---

187 ☐ **decade** [`dɛked] 名「**十年**」

188 ☐ **period** [`pɪrɪəd] 名「**期間／時期**」

例 The training **period** is at least 6 months.

「實習期間至少6個月。」

形 **pèriódic**「週期的／定期的」

相關 **pèriódical**「期刊／雜誌」

189 ☐ **origin** [`ɔrədʒɪn] 名「**起因／由來**」

例 The **origin** of the disease is still unknown.

「疾病的起因仍然未知。」

190 ☐ **degree** [dɪ`gri] 名「**程度／度／學位**」

⏱ 請記住 **to a ... degree**「在～程度上」的使用方式。

191 ☐ **variety** [vəˈraɪətɪ]

名「多樣化／種類」

片 **a varíety of ~**「各式各樣」

例 They opposed the plan for **a variety of** reasons.

「他們用各式各樣的理由反對這個計畫。」

類 **divérsity**「多樣性」

動 **váry**「改變／呈多樣化」

形 **várious**「各式各樣的」

192 ☐ **arrival** [əˈraɪvl̩] 名「抵達」

例 The **arrival** of flight 77 was delayed by one hour.

「第77班機延遲一小時抵達。」

動 **arríve**「抵達」

相關 **arríval tíme**「抵達時刻」

193 ☐ **license** [ˈlaɪsn̩s] 名「許可／許可證」

例 I got a driver's **license** at the age of 19.

「我在19歲時取得汽車駕照。」

解答

❶ 二十年

❷ （B）（A）destination「目的地」（➡❷102）／
（C）situation「狀況」／（D）reason「理由」

譯「在一定程度上我同意你的想法。」

● 將句中劃底線的單字譯成中文填入空格。

☐❶ They didn't give any <u>explanation</u> for the decision.

「對於這個決定，他們沒有做出任何（　　　）。」

● 從（A）～（D）中選出底線單字的同義詞。

☐❷ We should use a more effective <u>method</u>.

（A）means （B）profit
（C）system （D）capacity

---

194 ☐ **means** [minz] 图「**手段／方法**」

例 We have to find other **means** to solve the problem.

「我們必須找出其他的方法來解決問題。」

⏱ **means**可視為單數或複數。**meaning**則是指「意義」。

類 **méasure**「手段」

wáy / méthod「方法」

片 **by all méans**「（表示承諾）一定」

by no méans「絕不」

by méans of ～「藉由」

例 The students are assessed **by means of** a written exam.

「學生們藉由筆試的方式接受評估。」

195 ☑ **method** [ˋmɛθəd]
　　名「方法」

類 **wáy / méans**「方法」

196 ☑ **impression** [ɪmˋprɛʃən]
　　名「印象」

例 My first **impression** of China was very
positive.

「我對中國的第一印象是非常正面的。」

動 **impréss**「使印象深刻」

形 **impréssive**「印象深刻的」

197 ☑ **explanation** [͵ɛkspləˋneʃən]
　　名「說明」

動 **expláin**「說明」

198 ☑ **survey** [səˋve]
　　名「調查」他「調查」

例 They conducted a market **survey** in October.

「他們在十月進行了市場調查。」

解答

❶ 說明

❷（A）（B）profit「收益」（➡024）／（C）system
「制度／體制」（➡061）／（D）capacity「能力」
（➡031）

譯「我們應該使用更有效的方法。」

名詞（35）一般用語

> ● 將句中劃底線的單字譯成中文填入空格。
> ☐❶ He has a basic <u>knowledge</u> of cooking.
> 　「他有料理的基本（　　）。」
> ● 從（A）～（D）中選出底線單字的同義詞。
> ☐❷ Don't miss this <u>opportunity</u>.
> 　　（A）demand　　　　（B）ability
> 　　（C）chance　　　　 （D）environment

199 ☐ **knowledge** [`nɑlɪdʒ]
　🈂「知識」
　🈩 **knów**「知道」
　🈢 **knówledgeable**「有知識的／博學的」

200 ☐ **opportunity** [͵ɑpɚˋtjunətɪ]
　🈂「機會／良機」
　🈝 **chánce**「機會／良機」

201 ☐ **chapter** [ˋtʃæptɚ]
　🈂❶「章」❷「分支機構」
　🈠 This **chapter** is focused on the research process.
　「本章的焦點放在研究過程。」
　🈝 **bránch**「分支機構」

202 ☑ **section** [ˋsɛkʃən]

图「部分／部（門）／課」

例 The book is divided into four **sections**.

「這本書分為四個章節。」

類 **párt**「部門」

203 ☑ **environment** [ɪnˋvaɪrənmənt]

图「（周圍的）環境／自然環境」

例 I would like to work in a pleasant working **environment**.

「我想要在愉快的工作環境中做事。」

類 **surróundings**「（周圍的）環境」

形 **envìronméntal**「環境的」

204 ☑ **custom** [ˋkʌstəm]

图 ❶「習慣」 ❷「海關」

例 It's important to understand the local business **customs**.

「了解當地的商業習慣是很重要的。」

⚠ 當作「海關」時，則要寫成複數形**customs**。

解答

❶ 知識

❷（C）（A）demand「需要／要求」（➡048）／（B）ability「能力」／（C）chance「機會」／（D）environment「環境」（➡203）

譯「不要錯失這個機會。」

名詞（36）一般用語

● 將句中劃底線的單字譯成中文填入空格。

☐ ❶ There were over 1,000 <u>participants</u> in the parade.

「遊行隊伍裡有超過1,000位（　　　）。」

● 從（A）～（D）中選出底線單字的同義詞。

☐ ❷ You can choose among the <u>options</u> on the list.

（A）opinions 　　（B）positions

（C）choices 　　（D）suggestions

---

205 ☐ **participant** [pɑrˋtɪsəpənt]

图「參加者」

動 **partícipàte**「參加」

相關 **pàrticipátion**「參加」

206 ☐ **comment** [ˋkɑmɛnt]

图「意見／批評／評論」

他 自「評論／發表意見」

例 He made a brief **comment** on the problem.

「他針對這個問題做了簡潔的評論。」

類 **remárk / opínion**「意見」

207 ☑ **force** [fɔrs]

名「力／暴力／武力」

他（**force** O **to** V）「迫使～做」

例 They must not resort to **force**.

「他們絕對不能訴諸暴力。」

例 He **was forced to** resign as president.

「他被迫辭去董事長一職。」

類 **compél / oblíge**「迫使」

208 ☑ **option** [`ɑpʃən] 名「選擇／選擇權」

類 **chóice / seléction**「選擇」

209 ☑ **government** [`gʌvɚnmənt] 名「政府」

例 The **government** has promised to investigate the matter.

「政府已經允諾要調查這件事。」

210 ☑ **attitude** [`ætətjud] 名「（精神上的）姿態／態度」

例 You should have a more positive **attitude** toward life.

「你應該抱持更正面的態度面對人生。」

解答

❶ 參加者

❷ （C）（A）opinion「意見」／（B）position「位置／地位」／（C）choice「選擇」／（D）suggestion「提案」（➡059）

譯「你可以從列表中的選項做選擇。」

名詞（37）一般用語

- 將句中劃底線的單字譯成中文填入空格。

☑❶ The company's <u>performance</u> will improve soon.

　　「公司的（　　　）很快就會提升。」

- 從（A）～（D）中選出底線單字的同義詞。

☑❷ This <u>region</u> is known for its natural beauty.

　　（A）firm　　　　　（B）park

　　（C）museum　　　　（D）area

---

211 ☑ **performance** [pɚˋfɔrməns]

　　图 ❶「業績／成績」❷「演奏」

　動 **perfórm**「實行／演奏」

212 ☑ **region** [ˋridʒən] 图「地區」

　類 **área**「地區」

　形 **régional**「（特定的）地區的」

　副 **régionally**「地區性地」

213 ☑ **imagination** [ɪˌmædʒəˋneʃən]

　　图「想像／想像力」

　例 Betty has a very good **imagination**.

　　「貝蒂有非常豐富的想像力。」

　動 **imágine**「想像」

形 **imáginàry**「想像中的」
imáginative「富於想像〔創造〕力的」

214 ☐ **goods** [gʊdz] 名「**商品**」
例 The prices of many **goods** and services have increased in the last few years.
「許多商品的價格和服務在過去幾年提升了。」
類 **mérchandìse**「商品」

215 ☐ **item** [`aɪtəm] 名「**品項／項目**」
例 There are many **items** on the list.
「表單上有很多品項。」

216 ☐ **lecture** [`lɛktʃɚ]
名「**演講／講課**」
他 自「**演講**」
例 He will give a **lecture** about Picasso on April 5.
「他將在4月5日做一場有關畢卡索的演講。」
類 **tálk**「演說」、**cláss**「講課」
相關 **lécturer**「演說者／講師」

解答

❶ 業績

❷ （D）（A）firm「公司」（➡❷051）／（B）park「公園」／（C）museum「博物館／美術館」（➡144）／（D）area「地區」

譯「這個地區以自然美景聞名。」

第3章

- 將句中劃底線的單字譯成中文填入空格。
☑❶ The <u>purpose</u> of the project is to promote the economic development of the country.
「這項計畫的（　　　）是促進國家經濟發展。」
- 從（A）～（D）中選出底線單字的同義詞。
☑❷ The hospital faces a <u>shortage</u> of nurses.
（A）disadvantage　　（B）shortcut
（C）number　　（D）lack

---

217 ☑ **shortage** [`ʃɔrtɪdʒ]
　　名「不足」
　類 **láck**「不足」
　形 **shórt**「不足的」

218 ☑ **lack** [læk]
　　名「不足／欠缺」
　　他「欠缺」
　例 His hard work has made up for his **lack** of experience.
　　「他的努力彌補了他的經驗不足。」
　類 **shórtage**「不足」、**ábsence**「缺乏」
　形 **lácking**「缺乏的」

219 ☐ **series** [`sɪriz] 名「連續／系列」

片 **a séries of ~**「一連串的」

例 Several people were injured in **a series of** accidents.

「數個人在一連串的意外中受傷。」

220 ☐ **purpose** [`pɝpəs] 名「目的／意圖」

副 **púrposely**「故意地」

221 ☐ **community** [kə`mjunətɪ]
名「社區／共同體／社會」

例 He contributed a lot to the **community**.

「他對社區貢獻很多。」

形 **commúnal**「社區的／共同的」

222 ☐ **peak** [pik]
名 ❶「最高點／高峰」❷「山頂」

例 House sales reached a **peak** in 1992.

「房市銷售在1992年達到高峰。」

類 **clímax**「最高點」、**súmmit**「山頂」

解答

❶ 目的

❷（D）（A）disadvantage「不利之處」／
（B）shortcut「捷徑」（➡❷147）／
（C）number「數字」

譯「醫院面臨護理師不足的狀況。」

名詞（39）一般用語

- 將句中劃底線的單字譯成中文填入空格。

☑❶ The plane was running low on <u>fuel</u>.

「飛機的（　　　）逐漸減少。」

- 從（A）～（D）中選出底線單字的同義詞。

☑❷ The two countries are similar in many <u>respects</u>.

（A）advantages　　（B）ways

（C）merits　　　　（D）amounts

---

223 ☑ **award** [ə`wɔrd]

图「獎」

例 The winner of this year's **award** is Eric Watson.

「本年度大獎的得主是艾瑞克·華生先生。」

類 **príze**「獎賞」

224 ☑ **respect** [rɪ`spɛkt]

图 ❶「尊敬／尊重」 ❷「方面」

他「尊敬／尊重」

例 He is **respected** by his colleagues.

「他受到同事們的尊敬。」

類 **póint / wáy**「方面」

　　lóok up to ~「尊敬」

形 **respéctable**「體面的」

225 ☑ **fuel** [ˋfjʊəl] 图「燃料」

226 ☑ **scale** [skel] 图 ❶「尺度／規模」❷「磅秤」

例 The survey was conducted on a large **scale**.

「這項調查被大規模執行。」

例 I weighed myself on the **scale** today.

「我今天在磅秤上量了體重。」

227 ☑ **stress** [strɛs]

图 ❶「緊張」❷「壓力」❸「著重」

他「強調」

例 They laid particular **stress** on the importance of education.

「他們特別強調教育的重要性。」

類 **préssure**「壓力」、**émphasìze**「強調」

形 **stréssful**「壓力大的」

228 ☑ **wildlife** [ˋwaɪldˌlaɪf] 图「野生生物」

例 Their mission is to protect **wildlife**.

「他們的使命是保護野生生物。」

解答

❶ 燃料

❷ （B）（A）advantage「有利之處」（➡235）／
（B）way「方面／方法／道路」／（C）merit「優
點」／（D）amount「數量」（➡❷210）

譯「這兩個國家有許多相似之處。」

● 將句中劃底線的單字譯成中文填入空格。

☑❶ There has been an upward <u>trend</u> of obesity among school children over the past ten years.

「在過去十年，學校內肥胖孩童比例有上升的
（　　）。」

● 從（A）～（D）中選出最適當的選項填入空格裡。

☑❷ He bought millions of dollars' (　　) of real estate.

　　（A）worth 　　　　（B）quality
　　（C）quantity 　　　（D）access

---

229 ☑ **limit** [`lɪmɪt]

　　图「限度／界線」他「限制」

例 Be careful not to exceed the speed **limit**.

「小心不要超過速限。」

類 **lìmitátion**「限度」、**restríction**「限制」、
restríct「限制」

230 ☑ **worth** [wɝθ]

　　图「價值」介「有～的價值」

例 The book is **worth** reading.

「這本書值得一讀。」

⏺ 有些字典把介係詞的用法視為形容詞。

類 **válue**「價值」

形 **wórthy (of ~)**「有價值（的）／值得」

231 ☑ **quantity** [ˋkwɑntətɪ]
名「量／大量」

例 We closely measured the **quantity** of alcohol consumption.

「我們仔細計算酒的消耗量。」

類 **amóunt**「量」

反 **quálity**「質」

⏺ 當作「大量」時，則使用下面片語的形式。

片 **a quántity of ~ [quántities of ~]**「大量的」
in quántity「大量地」

例 They purchased the products **in quantity**.

「他們大量地購入這個商品。」

232 ☑ **trend** [trɛnd] 名「傾向／趨勢」

類 **téndency**「傾向」、**fáshion**「流行」

形 **tréndy**「時尚的」

解答

❶ 趨勢

❷（A）（B）quality「質」／（C）quantity「量」
（➡**231**）／（D）access「取得的方法」（➡**112**）

譯「他買下價值數百萬美元的不動產。」

● 將句中劃底線的單字譯成中文填入空格。

☑❶ Contact lenses have many <u>advantages</u> over glasses.

「與一般眼鏡相比，隱形眼鏡有很多的（　　）。」

● 從（A）～（D）中選出底線單字的同義詞。

☑❷ Is there any <u>evidence</u> of this?

（A）proof　　　　（B）view
（C）effect　　　　（D）thought

---

233 ☑ **evidence** [ˋɛvədəns]

图「證據／根據」

類 **próof**「證據」

形 **évident**「明顯的」

副 **évidently**「明顯地」

234 ☑ **celebration** [ˌsɛləˋbreʃən]

图「慶祝會」

例 I'm attending a **celebration** of the company's 30th anniversary.

「我會出席公司30週年紀念的慶祝會。」

動 **célebràte**「慶祝」

235 ☐ **advantage** [əd`væntɪdʒ]

名「有利之處／優點」

類 **bénefit / prófit**「利益」

反 **dìsadvántage**「不利之處」

形 **àdvantágeous**「有利的」

片 **tàke advántage of ~**「利用（機會等）」

236 ☐ **combination** [ˌkɑmbə`neʃən]

名 ❶「組合」 ❷「結合」

例 The **combination** of reading and writing helps children to learn fast.

「閱讀和寫作結合，有助孩童快速學習。」

動 **combíne**「使結合／使組合」

片 **in combinátion with ~**

「與～一起／與～相結合」

237 ☐ **source** [sors] 名「來源／根源／出處」

例 What is the **source** of the information?

「消息的來源為何？」

類 **órigin**「起因／由來」

解答

❶ 優點

❷ （A）（A）proof「證據」／（B）view「視野／看法」／（C）effect「影響／效果」（➡185）／（D）thought「想法」

譯「有任何證據嗎？」

● 將句中劃底線的單字譯成中文填入空格。

☑❶ Visit our website for more details.

「請蒞臨我們的網站以了解（　　　）。」

● 從（A）～（D）中選出底線單字的同義詞。

☑❷ There is a big gap between the rich and the poor in the country.

（A）similarity　　　（B）distance

（C）time　　　（D）difference

---

238 ☑ **similarity** [ˌsɪməˋlærətɪ]

图「類似／相似之處」

例 There are many **similarities** between the two towns.

「這兩個城鎮有很多相似之處。」

類 **resémblance**「類似」

形 **símilar**「相似的」

副 **símilarly**「同樣地」

239 ☑ **gap** [gæp] 图「差異／隔閡」

類 **dífference**「不同」

240 ☑ **detail** [ˋditel] 图「細節／詳情」

形 **détailed**「詳細的」

📗 **in détail**「詳細地」

📘 I'll explain it **in detail**.

「我將詳細地說明。」

241 ☑ **strength** [strɛŋθ]

📕「力量／力氣／強度」

📘 Regular cycling will build up your **strength**.

「規律地騎腳踏車可以增強你的體力。」

📙 **pówer**「力量」

📗 **stréngthen**「強化」

📘 **stróng**「強大的」

242 ☑ **pollution** [pəˋluʃən]

📕「汙染／公害」

📘 In many cities, air **pollution** is one of the most serious environmental problems.

「在很多城市，空氣汙染是最嚴重的環境問題之一。」

📗 **pollúte**「汙染」

📋 **解答**

❶ 更多詳情

❷ （D）（A）similarity「類似」（➡238）／

（B）distance「距離」／（C）time「時間」／

（D）difference「不同」

📗「這個國家的貧富差距很大。」

● 將句中劃底線的單字譯成中文填入空格。

☐❶ He said he wouldn't change his beliefs.

「他說他不會改變他的（　　　）。」

● 從（A）〜（D）中選出底線單字的同義詞。

☐❷ I have no desire to live in the city.

（A）wish （B）decision

（C）refusal （D）agreement

243 ☐ **range** [rendʒ]

图「**範圍**」

圓「（範圍）**擴及**」

例 The company offers a complete **range** of computer products.

「公司提供完整一系列（範圍）的電腦產品。」

例 The prices **range** from \$200 to \$500.

「價格範圍介於200美元到500美元之間。」

⚠ 當動詞時，大多是如上例句使用**range from** *A* **to** *B*「（範圍）從A擴及B」及**range between** *A* **and** *B*「（範圍）在A和B之間」的形式。

244 ☑ **belief** [bɪˋlif]

  图「相信／信仰／看法」

類 **fáith**「信仰」、**opínion**「意見」

動 **belíeve**「相信」

形 **belíevable**「相信的」

245 ☑ **desire** [dɪˋzaɪr]

  图「慾望」他「渴望／希望」

類 **wísh**「願望」

  wánt / wísh「希望」

形 **desírable**「想要的」

246 ☑ **basis** [ˋbesɪs] 图「基礎／基本」

例 What is the **basis** for the theory?

  「這個理論的基本（原理）為何？」

類 **foundátion**「基礎」、**gróund**「根據」

片 **on a ... básis**「以～的方式為基準」

  on the básis of ~「基於」

例 We hold meetings **on a regular basis**.

  「我們以定期的方式開會。」

解答

❶ 信仰

❷（A）（A）wish「願望」／（B）decision「決定」（➡034）／（C）refusal「拒絕」／（D）agreement「合約」

譯「我沒有任何慾望要住在這個城市。」

- 將句中劃底線的單字譯成中文填入空格。

☑❶ In such <u>cases</u>, you should contact them.

「（　　　），你應該聯絡他們。」

- 從（A）～（D）中選出底線單字的同義詞。

☑❷ I haven't gotten a <u>response</u> from them yet.

（A）answer 　　　　（B）permission

（C）profit 　　　　（D）fee

---

247 ☑ **response** [rɪ`spɑns] 图「回答」

類 ánswer「回答」

動 respónd「回答」

片 in respónse to ~「因應」

例 In response to our customers' demands, we have decided to continue making the product.

「為了因應客戶的要求，我們已經決定繼續製造這個產品。」

248 ☑ **navigation** [͵nævə`geʃən]

图「航海／航行／導航」

例 The storm made navigation difficult.

「暴風雨造成航行困難。」

動 návigàte「駕駛」

249 ☑ **maintenance** [ˋmentənəns]

名「維持／保養」

例 Just like a car, a computer requires proper **maintenance**.

「就像一輛車，一台電腦也需要適當的保養。」

動 **maintáin**「維持」

250 ☑ **case** [kes]

名 ❶「情況／事例／實情」 ❷「箱子／容器」

類 **ínstance / occásion**「情況」

contáiner「箱子／容器」

片 **in ány càse**「無論如何」

in cáse of ~「在～的情況」

251 ☑ **orientation** [ˌorɪɛnˋteʃən]

名「（對新生的）訓練／培訓」

例 Is there an **orientation** for new students?

「有針對新生的培訓嗎？」

類 **gúidance**「指導」

解答

❶ 在這種情況下

❷ （A）（A）answer「回答／答案」／
（B）permission「許可」（➡035）／（C）profit
「收益」（➡024）／（D）fee「費用」（➡124）

譯「我尚未得到他們的回答。」

動詞（1）

- 將句中劃底線的單字譯成中文填入空格。

☑❶ The company has <u>adopted</u> a new approach.

「公司已經（　　　）新的方法。」

- 從（A）～（D）中選出最適當的選項填入空格裡。

☑❷ The team has (　　) to the final round.

（A）advanced 　　　（B）adapted

（C）contained 　　　（D）sold

---

252 ☑ **adapt** [ə`dæpt]

他「**使適應**」

自（**adapt to ~**）「**適應**」

例 She has **adapted to** the cold climate.

「她已經適應寒冷的氣候。」

⏱ 注意勿與**adópt**「採取」混淆！

類 **adjúst**「使適應」

adjúst to ~ / get úsed to ~「習慣於」

253 ☑ **adopt** [ə`dɑpt] 他「**採取**（理論、方針）」

⏱ 有「雇用」之意的「採用（人）」則是用**hire**或 **employ**。

名 **adóption**「採取」

254 ☑ **advance** [əd`væns]

他 自「進展／前進」

類 **progréss**「進步」、**impróve**「改進」

名 **adváncement**「進展」

形 **advánced**「高級的」

255 ☑ **contain** [kən`ten]

他「含」

例 This food **contains** no artificial flavors.

「這個食物不含人工香料。」

類 **inclúde**「包括」

名 **contáiner**「容器」

256 ☑ **include** [ɪn`klud]

他「包括」

例 Breakfast is not **included** in the price.

「早餐不包括在房價內。」

類 **contáin**「含」

反 **exclúde**「把～排除在外」

介 **inclúding**「包括」

第
4
章

解答

❶ 採取

❷（A）（B）adapt「使適應」（➡252）／
（C）contain「含」（➡255）／（D）sell「賣」

譯「這一隊已經晉升到最後一輪。」

- 將句中劃底線的單字譯成中文填入空格。

☑❶ She felt someone approaching her.

「她感覺某人（　　　）她。」

- 從（Ａ）～（Ｄ）中選出底線單字的同義詞。

☑❷ He assisted me with everything I needed.

（Ａ）signed　　　　　（Ｂ）told

（Ｃ）advised　　　　　（Ｄ）helped

---

257 ☑ **belong** [bəˋlɔŋ]

⑥「**屬於／歸屬**」<to>

例 Do you **belong** to the club?

「你屬於這個俱樂部嗎？」

名 **belónging**「所有物」

258 ☑ **allow** [əˋlaʊ]

⑩「**允許／認可**」

（**allow O to V**）「**允許～做／使～得以**」

例 My apartment doesn't **allow** pets.

「我住的公寓不允許（飼養）寵物。」

類 **permít**「允許」

名 **allówance**「津貼／補助金」

259 ☑ **add** [æd] 他「添加」

例 I **added** another room to my house.

「我在我的屋子增加（增建）了一個房間。」

名 **addítion**「附加」

形 **addítional**「附加的」

副 **addítionally**「此外」

片 **ádd to ～**「增加」＝increase

例 This will **add to** the popularity of the show.

「這將增加表演的人氣。」

260 ☑ **assist** [əˋsɪst] 他 自「協助」

類 **hélp**「幫助」

名 **assístance**「援助」、**assístant**「助手」

261 ☑ **approach** [əˋprotʃ]

他 自「接近」

名「接近／方法」

例 The government should take a more realistic **approach**.

「政府應該採取更實際可行的方法。」

解答

❶ 正在接近

❷（D）（A）sign「署名」（➡351）／（B）tell
「說」／（C）advise「勸告」／（D）help
「幫助／幫忙」

譯「他協助我所需要的一切事情。」

主題 47 ▸ 動詞（3）

● 將句中劃底線的單字譯成中文填入空格。

☐❶ The book was banned from being published.

「這本書（　　　）出版。」

● 從（A）～（D）中選出底線單字的同義詞。

☐❷ The store will have completed most of the
renovations by the end of September.

（A）postponed （B）finished

（C）applied （D）compared

---

262 ☐ **ban** [bæn]

他「**禁止**」 名「**禁止（令）**」

類 **prohíbit**「禁止」

263 ☐ **develop** [dɪˋvɛləp]

他 ❶「**使發展／開發**」 ❷「**沖洗（照片）**」

自「**發展**」

例 He has **developed** many products for the
software company.

「他為軟體公司開發很多產品。」

例 You can have pictures **developed** at the store.

「你可以在這家店沖洗照片。」

類 **gów**「發展」

名 **devélopment**「開發」
devéloper「開發者／房產開發業者」

264 ☑ **compete** [kəm`pit]
自 ❶「競爭」
❷（**compete with**）「與〜競爭」

例 The two companies are **competing with** each other to get more customers.

「這兩家公司彼此互相競爭以得到更多客戶。」

類 **ríval**「與〜競爭」
名 **còmpetítion**「競爭」
compétitor「競爭對手／競爭者」
形 **compétitive**「競爭的／有競爭力的」

265 ☑ **complete** [kəm`plit]
他「使完成／完成」
形「全部的／完整的」

類 **fínish / énd / get ~ thróugh**「完成」
名 **complétion**「完成」

解答

❶ 被禁止
❷ （B）（A）postpone「延期」（➡284）／
（B）finish「結束」／（C）apply「應用」
（➡280）／（D）compare「比較」（➡286）
譯「這家店在九月底前將完成大部分的裝修。」

- 將句中劃底線的單字譯成中文填入空格。

☐❶ I was very <u>disappointed</u> with the result.

「我對結果感到（　　）。」

- 從（A）～（D）中選出底線單字的同義詞。

☐❷ I was <u>amazed</u> at her knowledge of music.

（A）surprised　　　（B）bored

（C）glad　　　　　（D）sad

---

266 ☐ **amaze** [əˋmez]

⑩「**使大為驚奇**」

類 **surpríse**「使吃驚」

名 **amázement**「驚奇」

形 **amázing**「驚人的／令人吃驚的」

副 **amázingly**「令人驚奇地」

267 ☐ **bore** [bor]

⑩「**使厭煩／令人厭倦**」

例 I was **bored** with my job.

「我厭倦了自己的工作。」

類 **(be) tíred**「厭倦的」

名 **bóredom**「厭煩」

形 **bóring**「厭倦的」

268 ☑ **confuse** [kənˋfjuz]

他 ❶「使困惑」 ❷「把～弄糊塗」

例 His explanation **confused** me more.

「他的説明讓我更加困惑。」

名 **confúsion**「困惑／混淆」

形 **confúsing**「困惑的」

269 ☑ **disappoint** [ˌdɪsəˋpɔɪnt]

他「使失望」

類 **discóurage**「使灰心」

名 **dìsappóintment**「沮喪」

形 **dìsappóinting**「令人失望的／掃興的」

270 ☑ **thrill** [θrɪl]

他 自「使激動〔興奮〕」<to>

名「激動」

例 We are **thrilled** that he is coming back.

「我們很興奮他即將回來。」

類 **excíte**「興奮」

形 **thrílling**「令人激動〔興奮〕的」

第4章

解答

❶ 非常的失望

❷ （A）（A）surprised「驚訝的」／（B）bored 「厭煩的」（➡267）／（C）glad「高興的」／ （D）sad「悲傷的」

譯「她的音樂知識真讓我驚訝。」

動詞（5）

- 將句中劃底線的單字譯成中文填入空格。
- ☐❶ This book has affected me in many ways.
  「這本書在很多方面（　　）我。」
- 從（A）～（D）中選出最適當的選項填入空格裡。
- ☐❷ Some of the companies (　　) their products on TV.
  - （A）produce　　　　（B）apologize
  - （C）advertise　　　　（D）reform

271 ☐ **advertise** [`ædvɚˌtaɪz]
　　他 自「**宣傳／廣告**」
　名 **àdvertísement**「廣告」
　　ádvertìsing「做廣告」
　形 **ádvertìsing**「廣告的」

272 ☐ **accept** [əkˋsɛpt] 他「**接受**」
　例 He has **accepted** the job of sales manager.
　　「他接受了營業經理的職位。」
　⊘ **recéive**是指物理上的被動「收到」，**accépt**是指包含整個內容的主動「接受」。
　名 **accéptance**「接受」
　形 **accéptable**「可接受的」

273 ☐ **affect** [əˋfɛkt]

　他「影響」

　類 **ínfluence**「影響」

　名 **efféct**「影響／效果」

　形 **efféctive**「有效的」

　副 **efféctively**「有效地」

274 ☐ **announce** [əˋnaʊns]

　他「宣布／發布」

　例 The merger of the two companies was **announced** in April.

　「兩家公司的合併於四月宣布。」

　名 **annóuncement**「宣布」

275 ☐ **apologize** [əˋpɑləˌdʒaɪz]

　自「道歉」

　例 I must **apologize** for the delay in replying.

　「我必須為我的延遲回覆道歉。」

　名 **apólogy**「道歉」

解答

❶ 影響

❷ （C）（A）produce「生產」（➡340）／
（B）apologize「道歉」（➡275）／（D）reform
「改善」（➡341）

譯「有些公司在電視中宣傳自家的產品。」

動詞（6）

● 將句中劃底線的單字譯成中文填入空格。

☑❶ This store <u>handles</u> a wide range of low-priced furniture.

「這家店（　　　）範圍廣泛的低價傢俱。」

● 從（A）～（D）中選出最適當的選項填入空格裡。

☑❷ He would like to (　　　) for the position of Financial Manager.

（A）oppose　　　　（B）participate

（C）apply　　　　（D）post

276 ☑ **appeal** [ə`pil]

　　㧈 ❶「訴諸（理性、暴力等）」<to>

　　　 ❷「打動（人心）／吸引（人的）喜好」

　　㣺「請求／吸引力」

例 This product is designed to **appeal** to young women.

「這個商品是為吸引年輕女性而設計。」

277 ☑ **contact** [`kɑntækt]

　　㉔「與～聯繫」

例 If you have any questions, do not hesitate to **contact** us.

「如果您有任何問題，請立刻與我們聯繫。」

278 ☑ **arrange** [ə`rendʒ]
他 自「安排／商定」

例 Thank you for **arranging** the meeting.

「感謝你安排這個會議。」

類 **prepáre**「準備」

名 **arrángement**「安排」

279 ☑ **handle** [`hændl]
他「處理」

名「把手」

類 **déal with ~**「處理」

280 ☑ **apply** [ə`plaɪ]
他「應用」

自「申請」

名 **àpplicátion**「申請」

ápplicant「應徵者／申請人」

第
4
章

解答

❶ 處理

❷ （C）（A）oppose「反對」（➡327）／
（B）participate「參加」（➡329）／
（D）post「張貼」（➡320）

譯「他想申請財務經理一職。」

- 將句中劃底線的單字譯成中文填入空格。

☐ ❶ More than 500 people <u>attended</u> the meeting.

「超過500人（　　　）會議。」

- 從（A）～（D）中選出底線單字的同義詞。

☐ ❷ The meeting has been <u>postponed</u> until next week.

（A）called off　　　　（B）put off

（C）canceled　　　　 （D）stopped

---

281 ☐ **attend** [ə`tɛnd]

他「**出席**」 自「**注意**」 <to>

例 About three hundred people **attended** the event.

「大約有三百人出席這場賽事。」

例 I **attended** to what he was saying.

「我注意他在說什麼。」

名 **atténdance**「出席」、**attèndée**「出席者」

◆＜attend「出席」＋ee「做～的人」＞

形 **atténtive**「專心的」

282 ☐ **avoid** [ə`vɔɪd] 他「**避免**」

例 My doctor advised me to **avoid** alcohol.

「我的醫生建議我避免飲酒。」

283 ☑ **cancel** [`kænsl]

［他］「消去／取消／終止」

［例］ She called the hotel to **cancel** the reservation.

「她打電話到飯店取消預約。」

［類］ **cáll off** ~「終止」

［名］ **càncellátion**「消去／取消」

284 ☑ **postpone** [pos`pon]

［他］「延期」

［類］ **pút ~ off / pút off ~**「延期」

285 ☑ **gather** [`gæðɚ]

［自］「聚集」

［他］「使聚集」

［例］ A crowd **gathered** around to watch the boy.

「一群人聚集過來看這個男孩。」

［名］ **gáthering**「聚集／集會」

第4章

解答

❶ 出席

❷ （B）（A）call ~ off／call off ~「終止」／
（B）put ~ off／put off ~「延期」（➡510）／
（C）cancel「終止」（➡283）／（D）stop「停止」

［譯］「會議已經被延到下週。」

動詞（8）

● 將句中劃底線的單字譯成中文填入空格。

☑❶ He <u>complained</u> about the service he had received.

「他（　　　）他所受到的服務。」

● 從（A）～（D）中選出最適當的選項填入空格裡。

☑❷ The exhibition (　　　) of three sections.

（A）compares　　　　（B）contributes

（C）concludes　　　　（D）consists

286 ☑ **compare** [kəm`pɛr]

他「比較／比喻為」

自「相比」<to>

例 You should **compare** your idea with his.

「你應該將你的想法與他的相比。」

名 **compárison**「比較／比喻」

形 **cómpárable**「可比較的／比得上的」

副 **cómparably**「可比較地／程度相當地」

片 **compáred to[with]** ~「與～相比」

例 **Compared to** last year, the number of customers has increased.

「與去年相比，顧客數已經增加。」

287 ☑ **complain** [kəmˋplen]
　　圓「**抱怨**」 他「**發牢騷**」
　圖 **compláint**「抱怨」

288 ☑ **connect** [kəˋnɛkt]
　　他「**連接**」 圓「**結合**」
　囫 He **connected** the hose to the faucet.
　　「他將軟管連接到水龍頭。」
　囫 These two incidents are closely **connected**.
　　「這兩個事件是密切相關的。」
　圍 **tíe**「聯繫」
　圖 **connéction**「關係」
　相關 **connécting flìght**「（飛機的）銜接航班」

289 ☑ **consist** [kənˋsɪst]
　　圓（**consist of ~**）「**由～構成**」
　圍 **be compósed of ~ / be máde up of ~**
　　「由～構成」

第4章

解答
❶ 抱怨
❷ （D）（A）compare「比較」（➡286）／
　　（B）contribute「貢獻」（➡❷311）／
　　（C）conclude「結束」（➡❷304）
譯「展覽由三個部分組成。」

- 將句中劃底線的單字譯成中文填入空格。
☑❶ Bus fares <u>will rise</u> by 20 cents next month.
　　「公車票價下個月（　　）20美分。」
- 從（A）～（D）中選出底線單字的同義詞。
☑❷ The population of the town has <u>decreased</u> over the last ten years.
　　（A）raised　　　　（B）fallen
　　（C）scolded　　　（D）arrived

---

290 ☑ **increase** [ɪn`kris]
　　圓「增加」他「使增加」名「增加」
例 They have a plan to **increase** profits by 10 percent next year.
　　「他們訂下明年增加10%利潤的計畫。」
類 **grów**「成長」
反 **décréase**「減少／使減少」
副 **incréasingly**「越來越～」

291 ☑ **decrease** 圓 他 [dɪ`kris] 名 [`dikris]
　　圓「減少」他「使減少」名「減少」
類 **declíne / fáll / dróp**「減少」
　　redúce「減少／使減少」
反 **incréase**「增加／使增加」

292 ☑ **reduce** [rɪˋdjus]

　他「減少」

例 We need to **reduce** the fuel costs.

　「我們必須減少燃料成本。」

類 **dècréase**「減少」

名 **redúction**「減少／削減」

293 ☑ **rise** [raɪz]

　自「上漲」 名「提昇／增加」

⏱ 時態變化 **rise-rose-risen**

　注意勿與 **ráise** 他「提高」混淆！

294 ☑ **remain** [rɪˋmen]

　自「仍是／留下」

例 Many problems **remain** unsolved.

　「很多問題仍未解決。」

類 **stáy**「留下」

名 **remáinder**「剩餘物」

解答

❶ 將上漲

❷ （B）（A）raise「提高」（➡295）／（B）fall
「減少／落下」／（C）scold「責罵」／（D）arrive
「到達」

譯「這個城鎮的人口在近十年已經減少。」

● 將句中劃底線的單字譯成中文填入空格。

☑❶ They **raised** money for charity through the event.

「他們藉由演出為慈善（　　）資金。」

● 從（A）～（D）中選出最適當的選項填入空格裡。

☑❷ Her boss （　　） her as one of his best workers.

（A）blames 　　（B）exchanges

（C）suggests 　　（D）describes

---

295 ☑ **raise** [rez]

他 ❶「提高／使（人）晉升」 ❷「籌集（資金）」

名「加薪／晉升」

⚠ 在新多益測驗上請注意分辨「使（人）晉升／晉升」及「籌集（資金）」兩個意思！

類 **líft**「提高」、**promóte**「晉升」、**colléct**「收集」

⚠ **ríse**「上漲」為自動詞（不及物動詞）。

296 ☑ **lift** [lɪft]

他「抬起」

例 He helped me **lift** the heavy load.

「他幫我抬起重物。」

類 **ráise**「提高」

297 ☑ **deliver** [dɪˋlɪvɚ]

他 自 「運送」

例 I had the book **delivered** to my office.

「我讓這本書送到我的辦公室。」

名 **delívery** 「運送」

298 ☑ **describe** [dɪˋskraɪb]

他 「描寫／敘述／說明」

名 **descríption** 「描寫／說明」

299 ☑ **focus** [ˋfokəs]

他 （ **focus** *A* **on** *B* ）「讓A集中於B」

自 （ **focus on** ～ ）「集中於」

名 「焦點」

例 The eyes of the world are **focused** on the Olympics.

「全世界的目光都集中於奧運。」

解答

❶ 籌集

❷ （D）（A）blame「指責」（➡❷264）／

（B）exchange「交換」（➡370）／

（C）suggest「提議」（➡362）

譯 「她的老闆形容她是最好的員工之一。」

> ● 將句中劃底線的單字譯成中文填入空格。
>
> ☑❶ Ms. Anderson <u>will retire</u> next month.
>
> 「安德森女士下個月（　　）。」
>
> ● 從（A）～（D）中選出底線單字的同義詞。
>
> ☑❷ He was <u>hired</u> by a large company.
>
> （A）employed　　（B）quit
>
> （C）recognized　　（D）required

300 ☑ **employ** [ɪm`plɔɪ]

⑩「**雇用**」

例 He **employed** Ms. Suzuki as a secretary.

「他雇用鈴木女士當祕書。」

類 **híre**「雇用」

反 **dismíss / láy òff ～ / fíre**「解雇」

名 **emplóyment**「雇用」、**emplóyer**「雇主／董事長」、**emplóyee**「受雇者」

301 ☑ **hire** [haɪr] ⑩「**雇用**」

⏱ 注意勿與 **fíre**「解雇」混淆！

類 **emplóy**「雇用」

反 **dismíss / láy òff ～ / fíre**「解雇」

302 ☑ **quit** [kwɪt] 他 自「辭去」

例 He **quit** his job because he was tired of the long hours.

「他因對冗長的工時感到厭倦而辭掉工作。」

⏱ 時態變化**quit-quit-quit**

類 **resígn**「辭職」

303 ☑ **retire** [rɪ`taɪr]

自「（屆齡）退休」他「使退休」

名 **retirée**「退休者」

304 ☑ **admit** [əd`mɪt]

他 自「承認／准許入場〔入學〕」

例 I was **admitted** to his office.

「我被准許進入他的辦公室。」

305 ☑ **recognize** [`rɛkəɡˌnaɪz]

他 ❶「認出（人）」❷「承認」❸「表彰」

例 I couldn't **recognize** her at first.

「我一開始沒認出她。」

名 **rècogní tion**「認識／表彰」

解答

❶ 即將退休

❷ （A）（B）quit「辭去」（➡302）／（C）recognize
「認出」（➡305）／（D）require「需要」（➡358）

譯「他受雇於一家大公司。」

- 將句中劃底線的單字譯成中文填入空格。
☑❶ She earns 500 dollars a week.
　「她一個禮拜（　　　）500美元。」
- 從（A）～（D）中選出最適當的選項填入空格裡。
☑❷ The results are (　　　) on our website.
　（A）purchased　　　（B）displayed
　（C）succeeded　　　（D）failed

---

306 ☑ **cause** [kɔz]

他「**引起／使發生**（痛苦、損害等）」

名「**原因**」

例 The storm **caused** severe damage to crops.

　「暴風雨造成作物嚴重受損。」

例 The police said they were investigating the **cause** of the accident.

　「警察說，他們正在調查事故的原因。」

類 **bríng abòut** ～「引起」

307 ☑ **earn** [ɝn]

他「**賺**」

名 **éarning(s)**「收入」

片 **éarn** *one's* **líving**「謀生」

308 ☑ **consume** [kən`sjum]

他 ❶「消費」 ❷「吃、喝」

例 If you drink a lot of juice, you **consume** a lot of sugar.

「如果你喝了很多果汁，你就會吃下很多糖。」

名 **consúmption**「消費」、 **consúmer**「消費者」

形 **consúmptive**「消費的」

309 ☑ **deny** [dɪ`naɪ]

他「否定／否認」

例 He **denied** that he had received any money from the company.

「他否認有收到這家公司給的任何錢。」

名 **denial**「否定」

310 ☑ **display** [dɪ`sple]

他 ❶「展示」 ❷「顯露（情感）」

名「展示」

類 **exhíbit**「展示」、 **exhibítion**「展示」

片 **on displáy**「展出」

解答

❶ 賺

❷ （B）（A）purchase「購買」（➡333）／
（C）succeed「成功」（➡377）／（D）fail「失敗」（➡313）

譯「這些結果顯示在我們的網站上。」

動詞（13）

- 將句中劃底線的單字譯成中文填入空格。

☐❶ He <u>failed</u> in business when he was 30 years old.

「他30歲時經商（　　　）。」

- 從（A）～（D）中選出底線單字的同義詞。

☐❷ They <u>examined</u> the documents carefully.

（A）caused （B）announced
（C）checked （D）read

---

311 ☐ **damage** [`dæmɪdʒ]

他「損害」

名「損害」

例 The goods were **damaged** during delivery.

「商品在運送中受到損害。」

例 The earthquake caused serious **damage** to the area.

「地震對這個地區造成嚴重損害。」

類 **hárm**「損害」

312 ☐ **examine** [ɪg`zæmɪn]

他「調查／診察／測驗」

類 **chéck**「檢查」

名 **exàminátion**「調查／測驗」

313 ☑ **fail** [fel]

⾃「**失敗**」

他「**疏忽**」

名 **fáilure**「失敗」

片 **fáil to** V「沒有／未能」

withóut fáil「一定」

例 She **failed to** come.

「她不能來了。」

例 All the members are requested to attend the meeting **without fail**.

「所有的會員都被要求一定要參加會議。」

314 ☑ **protect** [prə`tɛkt]

他「**保護／防護**」

例 The best way to prevent skin cancer is to **protect** your skin from the sun.

「預防皮膚癌最好的方式是保護皮膚遠離太陽。」

名 **protéction**「保護」

形 **protéctive**「保護的／給予保護的」

解答

❶ 失敗

❷ （C）（A）cause「引起」（➡306）／（B）announce「宣布」（➡274）／（C）check 「檢查」（➡129）／（D）read「閱讀」

譯「他們小心地調查文件。」

動詞（14）

- 將句中劃底線的單字譯成中文填入空格。

☑❶ He **informed** his family that he would leave the next day.

「他（　　　）他的家人，隔天他將出發。」

- 從（A）〜（D）中選出底線單字的同義詞。

☑❷ Please **follow** the instructions on the screen.

（A）click （B）obey

（C）push （D）advise

---

315 ☑ **introduce** [ˌɪntrə`djus] 他 「**介紹／引進**」

例 Let me **introduce** Mr. Harris to you.

「讓我為您介紹哈里斯先生。」

名 **ìntrodúction**「介紹／引進」

形 **ìntrodúctory**「介紹的／入門的」

316 ☑ **inform** [ɪn`fɔrm] 他 「**通知**」

名 **ìnformátion**「情報」

形 **infórmative**「情報的／有益的」

317 ☑ **follow** [`fɑlo] 他 自 「**依照／接著〜之後**」

例 The building was destroyed by the fire that **followed** the earthquake.

「建築物被地震之後的火災破壞了。」

類 **obéy / obsérve**「遵從」

318 ☑ **hang** [hæŋ]

他「掛起／吊」

自「掛著（東西）」

⏱ 時態變化**hang-hung-hung**

例 Your coat is **hanging** in the closet.

「你的外套就掛在衣櫃裡。」

片 **háng ùp**「掛斷電話」

詞源 本片語是從「掛上」電話的動作而來的。

319 ☑ **improve** [ɪm`pruv]

他「改善／改進」

自「變好／改進」

例 The government hopes to **improve** their relationship with China.

「政府希望改善與中國的關係。」

名 **impróvement**「改進／改進處」

第4章

解答

❶ 通知

❷（B）（A）click「發出喀嚓聲」（➡❷440）／（B）obey「遵守」（➡❷393）／（C）push「按」／（D）advise「勸告」

譯「請依照畫面的指示操作。」

- 將句中劃底線的單字譯成中文填入空格。

☑❶ A sign-up sheet is <u>posted</u> on the bulletin board in the lobby.

「一張報名登記表（　　　）在大廳的公告欄上。」

- 從（A）～（D）中選出底線單字的同義詞。

☑❷ He <u>owns</u> three expensive cars.

（A）belongs （B）has

（C）denies （D）gains

---

320 ☑ **post** [post]

他「貼出／公告」

名❶「柱」

❷「工作職位」

❸「郵政」

321 ☑ **fill** [fɪl]

他 「使充滿」\<with>

自 「填滿」\<with>

片 **be fílled wìth** ～「裝滿了～」

fíll òut[in] ～「填寫（必要事項）」

例 The hall **was filled with** students.

「大廳裡充滿了學生。」

322 ☑ **judge** [dʒʌdʒ]

他 自 「判斷／作出判決」

名 「法官／審查員」

例 Don't **judge** a person by his / her looks.

「不要從他的／她的外表來判斷一個人。」

名 **júdg(e)ment**「判斷／裁判」

323 ☑ **observe** [əbˋzɝˑv]

他 ❶「觀察」❷「遵守（法律等）」

例 He **observes** the stars through a telescope almost every night.

「他幾乎每晚透過望遠鏡觀星。」

類 **fóllow / obéy**「遵從」

名 **òbservátion**「觀察」、**obsérvatòry**「觀測站」、**obsérvance**「遵守／奉行」

形 **obsérvable**「可觀察的」

副 **obsérvably**「顯著地」

324 ☑ **own** [on] 他「擁有」 形「自己的」

類 **háve / posséss**「擁有」

解答

❶ 被張貼

❷ （B）（A）belong to ~「屬於」（➡257）／
（B）have「有／擁有」／（C）deny「否定」
（➡309）／（D）gain「得到」

譯「他擁有三台昂貴的汽車。」

動詞（16）

● 將句中劃底線的單字譯成中文填入空格。

☑❶ They strongly <u>opposed</u> the construction of the dam.

「他們強烈（　　）水壩的建設。」

● 從（A）～（D）中選出最適當的選項填入空格裡。

☑❷ They（　　）me a job in New York.

（A）offered 　　　（B）encouraged

（C）confused 　　　（D）claimed

---

325 ☑ **offer** [`ɔfɚ]

他「提供／提出」名「提出」

326 ☑ **operate** [`ɑpə͵ret]

他「操作／管理」自「（機器等）運轉」

例 You should learn to **operate** a computer.

「你應該學習操作電腦。」

類 **wórk**「工作」

名 **òperátion**「運轉／操作／手術」

相關 **óperàtor**「接線生／操作者」

327 ☑ **oppose** [ə`poz] 他「反對」

類 **objéct**「反對」

名 **òpposítion**「反對」

形 **ópposite**「反對的」

328 ☑ **pack** [pæk]

　他 自「捆包／裝箱」

　名「包裹」

例 He **packed** his clothes into a suitcase.

　「他把衣服裝箱。」

類 **crám**「裝箱」

形 **pácked**「（場所）客滿的／塞得滿滿的」

329 ☑ **participate** [pɑr`tɪsə͵pet]

　自「參加」<in>

例 I was unable to **participate** in the conference last night.

　「昨晚我無法參加會議。」

類 **táke párt (in ~)**「參加」

名 **pàrticipátion**「參加」

　partícipant「參與者」

解答

❶ 反對

❷ （A）（B）encourage「鼓勵」（➡344）／（C）confuse「使困惑」（➡268）／（D）claim「主張」（➡❷316）

譯「他們提供我一份在紐約的工作。」

- 將句中劃底線的單字譯成中文填入空格。
☑❶ He was unable to <u>perform</u> his duties.
　「他無法（　　　）他的職責。」
- 從（A）～（D）中選出底線單字的同義詞。
☑❷ I <u>purchased</u> a new car last year.
　（A）recommended　（B）advertised
　（C）sold　　　　　（D）bought

330 ☑ **perform** [pə`fɔrm]
　他 自 ❶「做／履行」
　　　❷「演奏」
類 **dó**「做」、**pláy**「演奏」
名 **perfórmance**「業績／成果／演奏」

331 ☑ **prefer** [prɪ`fɝ]
　他「較喜歡」
片 **prefér** *A* **to** *B*「喜歡A勝過B」
　例 I **prefer** Los Angeles **to** New York.
　　「我喜歡洛杉磯勝過紐約。」
名 **préference**「偏好」
形 **préferable**「更好的／更合意的」
副 **préferably**「更好地／寧可」

332 ☑ **prepare** [prɪˋpɛr]

他 自 ❶「準備」❷「使做好思想準備」

例 I have to **prepare** my report for the meeting.

「我必須為了開會準備我的報告。」

名 **prèparátion**「準備（工作）」

333 ☑ **purchase** [ˋpɝtʃəs] 他「購買」名「購買」

類 **búy**「買」

334 ☑ **press** [prɛs]

他 自「按」名「報刊／通訊社」

例 **Press** the button to open the door.

「按下按鈕打開門。」

類 **púsh**「按」

335 ☑ **refresh** [rɪˋfrɛʃ]

他「使恢復精神／使有精神」

例 A short nap will **refresh** you.

「小睡片刻將使你恢復精神。」

形 **refréshing**「提神的／清涼的」

解答

❶ 履行

❷ （D）（A）recommend「建議」（➡357）／
（B）advertise「宣傳」（➡271）／（C）sell
「賣」／（D）buy「買」

譯「我去年買了一部新車。」

- 將句中劃底線的單字譯成中文填入空格。

☑❶ I have <u>realized</u> the importance of having communication skills.

「我（　　　）具備溝通技巧的重要性。」

- 從（A）～（D）中選出最適當的選項填入空格裡。

☑❷ The rain（　　）us from visiting the zoo.

（A）resembled　　　（B）prevented

（C）enabled　　　（D）recognized

---

336 ☑ **realize** [`rɪəˌlaɪz]

他 ❶「了解」❷「實現（目的等）」

337 ☑ **process** [`prɑsɛs]

他「處理／加工（食品）」

名「過程／程序」

例 It normally takes about 14 days to **process** your application.

「一般約需要花14天的時間處理你的申請。」

類 **déal with** ~「處理」

名 **procédure**「程序」

338 ☑ **prevent** [prɪˋvɛnt]
　　囮 ❶（**prevent** O **from** Ving）「妨礙～做」
　　　　❷「預防」
　圀 **kéep** O **from** Ving「妨礙～做」
　圀 **prevéntion**「預防」
　圀 **prevéntive**「預防的」

339 ☑ **locate** [loˋket]
　　囮 ❶（**be located**）「位於」❷「找出～的位置」
　囮 The hotel **is located** in the city center.
　　「飯店位於市中心。」
　圀 **locátion**「位置／場所」

340 ☑ **produce** [prəˋdjus] 囮「製造／生產」
　囮 The factory **produces** 1,000 cars per day.
　　「工廠平均一天製造1,000台的車子。」
　圀 **próduct**「產品」、**prodúction**「製造／生產」
　　productívity「生產性」
　圀 **prodúctive**「生產的」

第4章

解答
❶ 已了解
❷（B）（A）resemble「像」／（C）enable O to V
　「使～能夠」（➡387）／（D）recognize「認出」
　（➡305）
圀「這場雨阻礙了我們參觀動物園。」

- 將句中劃底線的單字譯成中文填入空格。
☑❶ There is an urgent need to <u>reform</u> the tax system.

「目前迫切需要（　　　）稅制。」
- 從（A）～（D）中選出最適當的選項填入空格裡。
☑❷ DNA testing (　　　) his innocence.
   （A）preferred　　　　（B）decorated
   （C）proved　　　　（D）shortened

341 ☑ **reform** [ˌrɪˈfɔrm]
　他「改革／改善」名「改善」
類 **impróve**「改善」

342 ☑ **prove** [pruv]
　他「證明」自（**prove (to be)** ~）「證明是」
例 The experiment **proved to be** successful.
「實驗證明是成功的。」
類 **túrn out (to be)** ~「證實是」

343 ☑ **rent** [rɛnt]
　他 自「租借／出租」名「租金」
例 He wants to **rent** an apartment near his office.
「他想在公司附近租一間公寓。」

⚠ 支付及收取房租時，不論是「租用」或是「出租」都採用 **rent**。

344 ☑ **encourage** [ɪn`kɝ-ɪdʒ]

他「鼓勵／獎勵」

（**encourage** O **to** V）「鼓勵～做／促進」

例 My parents **encouraged** me **to** go to college.

「我的雙親鼓勵我上大學。」

類 **promóte**「獎勵」

名 **encóuragement**「獎勵」

345 ☑ **reach** [ritʃ]

他「抵達／達到」

自（**reach for**）「伸手拿」

例 We **reached** the summit at 3:30 p.m.

「我們下午3點半抵達山頂。」

例 The man is **reaching for** the book.

「這個男人正要伸手拿書。」

類 **arríve at** ~ / **gét to** ~「抵達」

解答

❶ 改革

❷ （C）（A）prefer「較喜歡」（➡331）／（B）decorate「裝飾」（➡❷420）／（D）shorten「使變短」（➡❷329）

譯「DNA檢驗證明了他的清白。」

動詞（20）

- 將句中劃底線的單字譯成中文填入空格。

☐❶ They sought a solution to the problem.

「他們（　　）這個問題的解決辦法。」

- 從（A）～（D）中選出底線單字的同義詞。

☐❷ His car is being repaired at a garage.

（A）fixed 　　　　　（B）discussed

（C）provided 　　　　（D）calculated

---

346 ☐ **seek** [sik]

他 自「**尋求／搜索**」

🕐 時態變化**seek-sought-sought**

類 **séarch**「搜尋」

347 ☐ **provide** [prə`vaɪd]

他「**提供**」

例 Does your company **provide** employees with health insurance?

「你們公司提供員工健康保險嗎？」

🕐 要記住**províde** A **with** B「提供B給A」的用法哦！

類 **supplý**「提供」、**gíve**「給」

片 **províded (that)** S V ～「如果／以～為條件」

348 ☑ **broadcast** [ˋbrɔdˏkæst]

　　他 自 「播放」

　　名 「廣播」

例 Tonight we will **broadcast** a special program.

　　「今夜我們將播放特別節目。」

🕐 **broadcast**的過去式、過去分詞都和現在式一樣。

類 **áir** 「播放」

349 ☑ **report** [rɪˋport]

　　他 自「報告」

　　名 「報告（書）／報導」

例 It is **reported** that three people were injured in the traffic accident yesterday.

　　「據報導，有三個人在昨天的交通事故中受傷。」

350 ☑ **repair** [rɪˋpɛr]

　　他 「修理」

　　名 「修理」

類 **fíx / ménd** 「修理」

解答

❶ 尋求

❷（A）（A）fix「修理」／（B）discuss「討論」／（C）provide「提供」（➡347）／（D）calculate「計算」（➡❷284）

譯 「他的汽車正在汽車修理廠修理中。」

第4章

- 將句中劃底線的單字譯成中文填入空格。

☑❶ He <u>signed</u> the document without reading it.

「他沒有看文件就（　　　）。」

- 從（A）～（D）中選出底線單字的同義詞。

☑❷ You can't <u>rely</u> on him.

（A）get　　　　　　（B）reply

（C）depend　　　　　（D）attend

---

351 ☑ **sign** [saɪn]

他 自「（在～上）署名／簽名」

名 ❶「標誌」❷「署名」

名 **sígnature**「署名／簽名」

352 ☑ **recycle** [ri`saɪk]]

他「再回收利用／使再循環」

例 It is possible to **recycle** mobile phones.

「手機可以再回收利用。」

名 **recýcling**「回收利用／回收」

353 ☑ **rely** [rɪ`laɪ]

自「依賴／信賴」\<on>

類 **depénd on** ～「依賴／信賴」

形 **relíable**「可靠的／可信賴的」

354 ☑ **flash** [flæʃ]

 ⾃「**閃光**／（想法等）**閃過**」

 ⽥「**閃現出**（亮光）」

 名「（光的）**閃爍**／（相機的）**閃光燈**」

例 Lightning **flashed** in the sky.

 「閃電掠過天空。」

類 **shíne**「發光」、**occúr**「浮現（想法）」

355 ☑ **warn** [wɔrn]

 ⽥⾃「**警告**」、（**warn O to V**）「**警告～做**」

例 She **warned** me not to eat too much.

 「她警告我不要吃太多。」

名 **wárning**「警告／警報」

356 ☑ **release** [rɪˋlis]

 ⽥「**公布／解放**」名「**公布**」

例 No information was **released** to the media about the incident.

 「沒有任何這件事的相關資訊被公布在媒體上。」

解答

❶ 署名

❷ （C）（A）get ～ on／get on ～「搭乘（電車、公車）」（➡531）／（B）reply「回答」（➡361）／（C）depend on ～「依賴」／（D）attend「出席」（➡281）

譯「你不能依賴他。」

動詞（22）

- 將句中劃底線的單字譯成中文填入空格。

☑❶ Mr. Smith <u>recommended</u> this book to me.

「史密斯先生（　　）我看這本書。」

- 從（A）～（D）中選出底線單字的同義詞。

☑❷ The patient <u>required</u> urgent surgery.

（A）received 　　　　（B）took

（C）got 　　　　　　（D）needed

---

357 ☑ **recommend** [ˌrɛkə`mɛnd]

他「**建議／推薦**」

類 **promóte / encóurage**「獎勵」

名 **rècommendátion**「推薦／推薦信」

358 ☑ **require** [rɪ`kwaɪr]

他「**需要**」、（**require O to V**）「**要求～做**」

類 **néed**「需要」、**demánd**「要求」、

requést「請求」

名 **requírement**「必需品／必要條件／要求」

形 **requíred**「必要的／不可或缺的」

359 ☑ **insist** [ɪn`sɪst]

他 自「**堅決主張／堅持認為**」

例 He **insisted** that we invite her to the party.

「他堅持認為我們應該邀請她來派對。」

⏱ 注意！**insíst that** S V～後面接的S V也會有如上面例句所述，S後面（省略**should**）直接接V的用法。

類 **cláim / maintáin / assért**「主張」

名 **insístence**「極力主張」

360 ☑ **request** [rɪˋkwɛst]

他「**請求**」、（**request O to V**）「**請求～做**」

名「**要求**」

例 They **requested** me to send a list of new products.

「他們請求我寄一份新產品目錄。」

類 **demánd**「要求」、**requíre**「要求」

361 ☑ **reply** [rɪˋplaɪ]

他 自「**回答／答覆**」

名「**答覆**」

例 Please **reply** to this email as soon as possible.

「請盡快答覆這封電子郵件。」

類 **ánswer**「回答／答覆」、**respónse**「答覆」

解答

❶ 建議

❷ （D）（A）receive「收到」／（B）take「取得」／（C）get「獲得」／（D）need「需要」

譯「病患需要緊急手術。」

- 將句中劃底線的單字譯成中文填入空格。
☐❶ They had difficulty solving the problem.
　「他們難以（　　）問題。」
- 從（A）～（D）中選出最適當的選項填入空格裡。
☐❷ The school is (　　) from a lack of funds.
　（A）preventing　　　（B）reaching
　（C）applying　　　　（D）suffering

362 ☐ **suggest** [sə`dʒɛst]
　他 ❶「建議」
　　❷「暗示」

例 She **suggested** that I see Mr. Martin.
　「她建議我去看馬丁先生。」

注意！**suggést that ~**「建議」後面接的S V也會有
如上面例句所述，S後面（省略**should**）直接接V的
用法。

類 **propóse**「建議」、**shów**「顯示」
名 **suggéstion**「建議／暗示」

363 ☐ **solve** [sɑlv]
　他「**解答／解決**」
名 **solútion**「解決（辦法）」

364 ☑ **wonder** [`wʌndɚ]

他 自「**感到疑惑**」

例 He **wondered** where she had gone.

「他想知道她去了哪兒。」

🕐 如下面例句**I wónder if[whéther]** S V ~的形式，也帶有禮貌性的請求之意。

例 I **wonder if** you could help me.

「請問您是否可以幫我？」

365 ☑ **suffer** [`sʌfɚ]

他「**經歷（痛苦等）**」

自「**受苦**」<from>

片 **súffer from ~**「受～之苦」

名 **súffering**「痛苦／苦惱」

366 ☑ **waste** [west]

他 自「**浪費**」名 ❶「**浪費**」❷「**廢棄物**」

例 Don't **waste** time watching TV all day.

「不要浪費時間整天看電視。」

解答

❶ 解決

❷ （D）（A）prevent O from Ving「妨礙～做」

（➡338）／（B）reach「抵達」（➡345）／

（C）apply「應用」（➡280）

譯「學校受資金不足之苦。」

動詞（24）

● 將句中劃底線的單字譯成中文填入空格。

☑❶ Mary <u>hosted</u> a dinner party at her house yesterday.

「瑪莉昨晚在她家（　　）晚宴。」

● 從（A）～（D）中選出最適當的選項填入空格裡。

☑❷ She was (　　) to us from across the street.

（A）adjusting 　　　（B）waving

（C）saving 　　　　（D）assisting

---

367 ☑ **host** [host]

他「舉辦」

名「主辦人／節目主持人」

368 ☑ **wave** [wev]

自 ❶「揮手示意」❷「搖動」

他「振動」

名「波浪」

369 ☑ **occupy** [ˋɑkjəˌpaɪ]

他「佔有／佔用」

例 All the meeting rooms are **occupied**.

「所有的會議室都被佔用中。」

名 **óccupancy**「佔有」、**òccupátion**「職業／佔有」

370 ☑ **exchange** [ɪks`tʃendʒ]

他「交換／兌換」

名「交換／匯兌」

例 Can I **exchange** yen for dollars here?

「我可以在這裡將日幣兌換為美元嗎？」

371 ☑ **update** [`ʌpdet]

他「更新／提供最新訊息」

例 If your computer is connected to the Internet, it is easy to **update** your software to the latest version.

「如果你的電腦有連上網路，就很容易將你的軟體更新到最新版本。」

372 ☑ **upgrade** [`ʌp`gred]

他「升級／提高」

例 We have **upgraded** all the computers in the office.

「我們已經將公司所有的電腦升級。」

解答

❶ 舉辦

❷ （B）（A）adjust「校準／適合」（➡❷251）／（C）save「存款／解救」／（D）assist「協助」（➡260）

譯「她從對街向我們揮手。」

- 將句中劃底線的單字譯成中文填入空格。

☑❶ I have <u>reviewed</u> the documents you sent me.

「我已經（　　　）你寄給我的文件。」

- 從（A）～（D）中選出最適當的選項填入空格裡。

☑❷ The weather bureau has (　　) a storm warning.

（A）issued　　　　（B）survived

（C）consisted　　　（D）developed

---

373 ☑ **survive** [sə`vaɪv]

他 自 「（擺脫～之後）**倖存**」

例 Only ten passengers **survived** the crash.

「這次墜毀事故只有十名旅客倖存。」

名 **survíval**「倖存」

374 ☑ **issue** [`ɪʃʊ]

他「**發行／出版**」

名 ❶「**問題**」❷「（雜誌等）**第～刊號**」

類 **públish**「發行／出版」

375 ☑ **review** [rɪ`vju]

他「**重新檢查／做出評論**」名「**複檢／評論**」

類 **rèconsíder**「重新考慮」

cómment「評論」

376 ☑ **guess** [gɛs]

他 自「猜測」

名「猜測」

例 Can you **guess** her age?

「你可以猜出她的年紀嗎？」

片 **Guéss whát!**「（開口說話時）你猜怎麼了！」

377 ☑ **succeed** [sək`sid]

自「成功」

他「繼承」

例 He **succeeded** in business.

「他成功經營事業。」

例 He **succeeded** his father as president of the company.

「他接替他的父親成為公司的董事長。」

名 **succéss**「成功」、**succéssion**「連續」

形 **succéssful**「成功的」、**succéssive**「連續的」

副 **succéssfully**「成功地／順利地」

解答

❶ 重新檢查過

❷（A）（B）survive「（擺脫～之後）倖存」
（➡373）／（C）consist of ～「由～構成」
（➡289）／（D）develop「使發展」（➡263）

譯「氣象局已發布暴風雨警報。」

- 將句中劃底線的單字譯成中文填入空格。

☑❶ I regret that I didn't apply for the job.

「我（　　）沒有申請這份工作。」

- 從（A）～（D）中選出底線單字的同義詞。

☑❷ Five people were seriously injured in the accident.

（A）killed 　　　（B）experienced

（C）seen 　　　（D）hurt

---

378 ☑ **injure** [ˋɪndʒɚ]

㊀「**使受傷／使負傷／損害**」

㊢ **húrt / wóund**「使受傷／使負傷」

hárm / dámage「損害」

㊘ **ínjury**「負傷／損害」

379 ☑ **hurt** [hɝt]

㊀「**傷害／使受傷**」

㊀「（身體部位）**疼痛**」㊘「**傷／受傷**」

㊀ I didn't mean to **hurt** you.

「我無意傷害你。」

⏱ 時態變化 **hurt-hurt-hurt**

㊢ **wóund**「傷害」、**dámage**「損害」、

áche「疼痛」、**ínjury**「傷／受傷」

㊙ **húrtful**「造成損傷的／有害的」

380 ☑ **throw** [θro]

他 自「丟」

例 Someone **threw** a stone at me.

「有人對我丟石頭。」

片 **thrów ~ awáy / thrów awáy ~**「丟掉」

例 You should **throw** the chair **away**.

「你應該丟掉這張椅子。」

381 ☑ **cough** [kɔf]

自「咳嗽」名「咳嗽」

例 I have been **coughing** and sneezing all week.

「我已經咳嗽和打噴嚏一整週了。」

相關 **snéeze**「打噴嚏／噴嚏」

yáwn「打呵欠／呵欠」

382 ☑ **regret** [rɪˋgrɛt]

他「後悔／遺憾」

名「後悔／悲傷」

類 **be sórry**「感到抱歉」

形 **regréttable**「令人懊悔的／令人遺憾的」

解答

❶ 後悔

❷ （D）（A）kill「殺」／（B）experience「體驗」
（➡181）／（C）see「看見」

譯「五個人在事故中受重傷。」

第 4 章

- 將句中劃底線的單字譯成中文填入空格。
☑❶ She resembles her grandmother.

「她（　　　）她的祖母。」

- 從（A）～（D）中選出最適當的選項填入空格裡。
☑❷ The Internet has（　　　）us to communicate more quickly than ever.

　（A）spread　　　　（B）made

　（C）enabled　　　（D）persuaded

383 ☑ **spread** [sprɛd]

　圓「傳開／蔓延」他「散布」

　名「蔓延／展開」

例 The news has **spread** all over the country.

　「這個消息已傳遍全國。」

⏱ 時態變化 **spread-spread-spread**

類 **exténd / strétch**「擴大／擴展」

384 ☑ **twist** [twɪst]

　他「扭轉／扭傷（腳踝等）」

　圓「扭」名「扭傷」

例 He **twisted** his ankle while playing tennis.

　「他打網球時扭傷腳踝。」

類 **spráin**「扭傷」

385 ☑ **resemble** [rɪˋzɛmb̩l]

　　他「像」

類 **táke àfter ~**「與～相似」

名 **resémblance**「相似／相似點」

386 ☑ **brush** [brʌʃ]

　　他 自「刷／擦」

　　名「刷子」

例 My parents always told me to **brush** my teeth
at least twice a day.

「我的父母總是告訴我一天至少要刷牙兩次。」

類 **swéep**「掃」

387 ☑ **enable** [ɪnˋeb̩l]

　　他（**enable O to V**）「使～能夠」

第4章

解答

❶ 像

❷ （C）（A）spread「傳開／蔓延」（➡383）／
（B）make O V「使～做」／（D）persuade「説
服」（➡❷367）

譯「網路讓我們能夠比以前更快地交流。」

● 將句中劃底線的單字譯成中文填入空格。

☐❶ They had to <u>reconsider</u> their earlier decision.

「他們必須（　　　）他們早先的決定。」

● 從（A）～（D）中選出底線單字的同義詞。

☐❷ I can't <u>recall</u> his name.

（A）call 　　　　（B）say

（C）hear 　　　　（D）remember

388 ☐ **recall** [rɪ`kɔl] 他「記得」

類 **remémber / rècolléct**「記得」

389 ☐ **dial** [`daɪəl]

他 自「打電話給／轉（～的）調節器」

名「（鐘錶的）面盤／（機器等的）調節控制器」

例 In case of an emergency, please **dial** 119.

「緊急情況時，請打電話給119。」

類 **télephòne / cáll / phóne**「打電話」

390 ☐ **jog** [dʒɑg]

自「慢跑」 他「輕推」 名「慢跑」

例 I **jog** every morning for about an hour.

「我每天早上慢跑約一個鐘頭。」

類 **jógging**「慢跑」

391 ☑ **dive** [daɪv]

自「跳水／潛水」

名「跳水／潛水」

例 The woman is going to **dive** into the pool.

「這名女性正要跳入游泳池。」

類 **plúnge**「跳入」

相關 **díver**「跳水選手／潛水伕」

392 ☑ **boil** [bɔɪl]

他「煮沸／煮」

自「沸騰」

名「沸騰」

例 I **boiled** some water and poured it into a cup.

「我將一些水煮沸並倒入杯子。」

類 **símmer**「煮」

393 ☑ **reconsider** [ˌrikənˋsɪdɚ]

他自「重新考慮」

詞源 re「再」＋consider「考慮」

類 **rèthínk**「重新思考」

解答

❶ 重新考慮

❷ （D）（A）call「呼叫」／（B）say「說」／
（C）hear「聽」／（D）remember「記得」

譯「我記不起他的名字。」

第
4
章

● 將句中劃底線的單字譯成中文填入空格。

☑❶ She started her current job in 1998.
　「她（　　　）工作是從1998年開始做的。」

● 從（A）～（D）中選出底線單字的同義詞。

☑❷ It is essential that all of them participate in
　the project.
　　（A）stupid　　　　（B）easy
　　（C）difficult　　　（D）vital

394 ☑ **essential** [ɪ`sɛnʃəl]
　　形「不可或缺的／絕對必要的」

🄓 比 **nécessàry**「必須的」更強烈。

類 **crúcial / ìndispénsable / vítal**「極其重要的」

名 **éssence**「本質／核心」

395 ☑ **necessary** [`nɛsə͵sɛrɪ]
　　形「必要的」

片 **if nécessàry**「如果必要」

例 **If necessary,** I can help you finish the report.
　「如果必要，我可以幫你完成報告。」

類 **esséntial**「不可或缺的」

名 **necéssity**「必要（性）／必需品」

副 **nècessárily**「一定」

396 ☑ **vital** [`vaɪtl]
　　㊝「不可或缺的／極其重要的」

例 Good communication skills are **vital** in the workplace.
　「好的溝通技巧在職場上是不可或缺的。」

類 **crúcial / ìndispénsable / esséntial**
　「極其重要的」

名 **vitálity**「活力」

397 ☑ **ancient** [`enʃənt]
　　㊝「古代的」

例 She is interested in **ancient** Western civilization.
　「她對古代西方文明有興趣。」

398 ☑ **current** [`kɝ·ənt]
　　㊝「現在的」
　　㊝「潮流」

名 **cúrrency**「貨幣／通用」

副 **cúrrently**「現在」

第5章

解答
❶ 現今的（現在的）
❷（D）（A）stupid「愚蠢的」（➡462）／
　（B）easy「簡單的」／（C）difficult「困難的」
譯「他們所有人都要參與這個計劃，這是不可或缺的。」

● 將句中劃底線的單字譯成中文填入空格。

☑❶ A <u>recent</u> survey shows that the rich continue to get richer.

「（　　　）的調查顯示，富人持續更有錢。」

● 從（A）～（D）中選出最適當的選項填入空格裡。

☑❷ These products are (　　) to sell well.

（A）likely （B）probably

（C）probable （D）possible

---

399 ☑ **recent** [`risnt]

形「**最近的**」

副 **récently**「近來／最近」

400 ☑ **frequent** [`frikwənt]

形「**經常發生的／屢次的／經常的**」

例 We give discounts to **frequent** shoppers.

「我們會提供折扣給常客。」

名 **fréquency**「頻率／周率」

副 **fréquently**「頻繁地」

401 ☑ **likely** [`laɪklɪ]

形「**可能發生的／可能的**」

片 **be líkely to** V「有可能做」

類 **próbable**「很可能發生的／很可能的」
反 **unlíkely**「不太可能的」

402 ☑ **probable** [`prɑbəbḷ]
　　形「很可能發生的／很可能的」

例 It is **probable** that he will win the next game.
　「他很有可能贏得下一場比賽。」
類 **likely**「可能發生的／可能的」
副 **próbably**「或許／很可能地」

403 ☑ **convenient** [kən`vinjənt]
　　形「便利的／方便的」

例 Please call me when it is **convenient** for you.
　「當你方便時，請打電話給我。」
反 **ìnconvénient**「不便的」
名 **convénience**「便利」
副 **convéniently**「方便地」
相關 **convénience stóre**「便利商店」

第 5 章

解答

❶ 最近的

❷ （A）（B）probably「或許」是副詞／
　（C）probable「可能發生的」（➡402）
　（D）possible「有可能的」。（C）與（D）只有
　在用it當主詞時，會用＜be＋形＋to V＞的句型。
譯「這些產品可能會賣得很好。」

- 將句中劃底線的單字譯成中文填入空格。

☑❶ Many people think that the government should deal with domestic issues first.

「很多人認為政府應該優先處理（　　　）問題。」

- 從（A）～（D）中選出底線單字的同義詞。

☑❷ I occasionally go for a drink with friends.

（A）always 　　　　（B）sometimes

（C）scarcely 　　　（D）never

---

404 ☑ **rarely** [`rɛrlɪ]

副「很少」

例 She **rarely** drinks beer.

「她很少喝啤酒。」

類 **séldom**「不常」

形 **ráre**「稀少的／少有的」

405 ☑ **occasionally** [əˋkeʒənḷɪ]

副「偶爾」

類 **sómetìmes / from time to time / ónce in a while / now and then**「有時」

名 **occásion**「時刻／例行活動」

形 **occásional**「偶爾的」

406 ☐ **domestic** [dəˋmɛstɪk] 形「**國內的／家庭的**」

類 **nátional**「國內的」、**húsehòld**「家庭的」

反 **fóreign**「外國的」

407 ☐ **national** [ˋnæʃənḷ]

形「**全國性的／國內的／國民的**」

例 The country is facing **national** and international problems.

「這個國家正面臨國內與國際的問題。」

類 **nàtionwíde**「全國性的」

doméstic「國內的」

名 **nátion**「國／國民」

408 ☐ **valuable** [ˋvæljʊəbḷ] 形「**值錢的／貴重的**」

例 Many **valuable** antiques were stolen last night.

「昨晚許多貴重的骨董遭竊。」

類 **précious**「貴重的」

名 **válue**「價值」

動 **válue**「評價」

第5章

解答

❶ 國內的

❷ （B）（A）always「總是」／（B）sometimes 「有時」／（C）scarcely「幾乎不」（➡**461**）／ （D）never「從不」

譯 「我偶爾和朋友去小酌。」

● 將句中劃底線的單字譯成中文填入空格。

☑❶ He wanted to have an <u>ordinary</u> wedding.

「他希望有一個（　　　）婚禮。」

● 從（A）～（D）中選出底線單字的同義詞。

☑❷ The investment is <u>risky</u> so you should be careful.

（A）possible　　　（B）impossible

（C）dangerous　　（D）best

---

409 ☑ **risky** [`rɪskɪ]

圈「**危險的／冒險的**」

類 **dángerous**「危險的」

名 **rísk**「危險」

動 **rísk**「冒著危險」

410 ☑ **general** [`dʒɛnərəl]

圈「**一般的／一般性的**」

例 This word is now in **general** use.

「這個單字現在被普遍使用。」

類 **cómmon**「一般的」

動 **géneralìze**「使一般化」

副 **génerally**「一般地／大致上來說」

片 **in géneral**「一般地／大致上來說」

411 ☑ **ordinary** [`ɔrdn͵ɛrɪ]
　　形「平常的／普通的」

　類 **nórmal**「平常的」
　　usual「普通的」

412 ☑ **particular** [pə`tɪkjələ]
　　形「特定的」

　例 He quit his job for no **particular** reason.
　　「他沒什麼特定的理由辭掉了工作。」
　類 **specífic**「特定的」
　副 **partícularly**「特別地／尤其」
　片 **in partícular**「特別地／尤其是」

413 ☑ **unique** [ju`nik]
　　形「獨特的／特有的／唯一的」

　例 These animals are **unique** to Africa.
　　「這些動物是非洲特有的。」
　類 **pecúliar**「獨特的」

第5章

解答
❶ 普通的
❷（C）（A）possible「有可能的」／
　　（B）impossible「不可能的」／（C）dangerous
　　「危險的」／（D）best「最好的」
　譯「投資是有危險的，所以你應該小心。」

● 將句中劃底線的單字譯成中文填入空格。

☑**❶** You have to be <u>patient</u> with newcomers.

「你必須（　　）對待新人。」

● 從（A）～（D）中選出底線單字的同義詞。

☑**❷** He was <u>anxious</u> about the results of the examination.

　（A）typical　　　　　（B）happy

　（C）worried　　　　　（D）disappointed

---

414 ☑ **typical** [`tɪpɪkl] 形「**典型的**」

例 These are **typical** symptoms of the flu.

「這些是流行性感冒典型的症狀。」

類 **rèpreséntative**「典型的」

副 **týpically**「典型地」

415 ☑ **anxious** [`æŋkʃəs] 形「**擔心的／渴望的**」

類 **wórried**「擔心的」、**éager**「渴望的」

名 **anxíety**「擔心／渴望」

416 ☑ **eager** [`igɚ] 形「**熱切的**」

片 **be éager to** V「急於／急切地要」

例 She **is eager to** go back to work.

「她急於回去工作。」

類 **be ánxious to** V「急於」

417 ☐ **nervous** [`nɝ·vəs]

形「緊張不安的／神經質的」

例 He was really **nervous** before the interview.

「他在面試之前非常緊張不安。」

類 **unéasy** / **wórried** / **ánxious**「焦慮不安的」

418 ☐ **attractive** [ə`træktɪv]

形「有吸引力的」

例 This city is **attractive** to young people.

「這座城市對年輕人有吸引力。」

名 **attráction**「魅力／吸引力」

動 **attráct**「引起（興趣等）」

419 ☐ **patient** [`peʃənt]

形「有耐心的」

名「病患」

副 **pátiently**「有耐心地」

第5章

解答

❶ 有耐心地

❷（C）（A）typical「典型的」（➡414）／
（B）happy「滿足的／幸福的」／（C）worried
「擔心的」／（D）disappointed「失望的」

譯「他擔心測驗的結果。」

- 將句中劃底線的單字譯成中文填入空格。
☑❶ <u>Creative</u> thinking is necessary for success in the workplace.
「在職場要成功，（　　）思維是必要的。」
- 從（A）～（D）中選出底線單字的同義詞。
☑❷ We had a <u>pleasant</u> time in Sydney yesterday.
（A）surprising　　（B）available
（C）delightful　　（D）boring

---

420 ☑ **creative** [krɪ`etɪv]

形「創造性的／有創造力的」

名 **crèatívity**「創造性」、**creátion**「創造／創作」

421 ☑ **pleasant** [`plɛzənt]

形「令人愉快的／快樂的」

類 **delíghtful**「令人愉快的」

名 **pléasure**「樂事」

動 **pléase**「令人高興」

422 ☑ **cheerful** [`tʃɪrfəl]

形「興高采烈的／使人感到愉快的」

例 She was very **cheerful** at the party.

「她在宴會上非常興高采烈。」

類 **mérry**「興高采烈的」、**háppy**「高興的」

423 ☑ **positive** [ˈpɑzətɪv]

形 ❶「積極的／肯定的」

　　❷「確信的」

例 You need a **positive** attitude to succeed.

「你需要積極的態度才能成功。」

類 **súre**「確定的」

反 **négative**「消極的／否定的」

副 **pósitively**「肯定地／明確地」

424 ☑ **economical** [ˌikəˈnɑmɪkl̩]

形「經濟的／節省的」

例 It would be more **economical** to go by bus.

「搭公車去應該更經濟吧！」

⚠ 注意勿與 **èconómic**「經濟（上）的／經濟學的」
混淆！

名 **ecónomy**「經濟」

解答

❶ 創造性的

❷ （C）（A）surprising「令人吃驚的」／
（B）available「可利用的」（➡❷532）／
（C）delightful「令人愉快的／令人高興的」
（➡❷482）／（D）boring「乏味的」

譯「昨天我們在雪梨度過快樂的時光。」

- 將句中劃底線的單字譯成中文填入空格。

☑❶ The company was required to submit <u>financial</u> statements.

　「公司被要求提出（　　）報告。」

- 從（A）～（D）中選出最適當的選項填入空格裡。

☑❷ Recycling is one of the most (　　) methods of reducing the amount of waste.

　　（A）annual　　　　（B）similar

　　（C）illegal　　　　（D）effective

---

425 ☑ **effective** [ɪ`fɛktɪv]

　㊑「有效的／生效的」

名 **efféct**「影響／效果」

動 **afféct**「影響」

副 **efféctively**「有效地」

426 ☑ **ideal** [aɪ`diəl]

　㊑「理想的」 名「理想」

例 The park is **ideal** for a picnic.

　「這個公園很適合野餐。」

類 **pérfect**「完美的」

副 **idéally**「理想地／完美地」

427 ☑ **individual** [ˌɪndə`vɪdʒʊəl]

形「個別的／個人的」

名「個人」

例 **Individual** freedom must be respected.

「個人的自由必須受到尊重。」

副 **ìndivídually**「個別地／單獨地」

428 ☑ **financial** [faɪ`nænʃəl]

形「財政的／金融的」

類 **mónetàry**「財政的」

名 **fínance**「財政」

429 ☑ **political** [pə`lɪtɪkl]

形「政治的」

例 There are two main **political** parties in the USA.

「在美國有兩個主要政黨。」

名 **pólitics**「政治」

pòlitícian「政治家」

第5章

解答

❶ 財政（的）

❷ （D）（A）annual「一年一次的」（➡❸596）／
　（B）similar「像」／（C）illegal「違法的」

譯「回收利用是垃圾減量最有效的方法之一。」

● 將句中劃底線的單字譯成中文填入空格。

☑ ❶ The <u>former</u> president will attend the ceremony.

「（　　　）董事長將參加這個儀式。」

● 從（A）～（D）中選出底線單字的同義詞。

☑ ❷ There is no <u>suitable</u> place for the event.

（A）appropriate 　　（B）opposite
（C）sensible 　　（D）visible

---

430 ☑ **suitable** [`sutəbl] 形「適當的／合適的」

類 **apprópriate**「適當的」

名 **súit**「（一套）西裝」

動 **súit**「適合」

副 **súitably**「適合地／相配地」

431 ☑ **major** [`medʒɚ]

形「主要的／較大範圍的」

名「主修科目」 自「主修」 <in>

例 He spent a **major** part of his childhood in Liverpool.

「他大部分的童年時光是在利物浦度過的。」

類 **máin**「主要的」

反 **mínor**「較少的／較小的」

名 **majórity**「大多數」

432 ☑ **responsible** [rɪ`spɑnsəbl]

形「有責任的／需負責任的」<for>

例 He is **responsible** for managing the project.

「他負責執行該計畫。」

類 be in chárge of ~「負責」

名 respònsibílity「責任」

433 ☑ **opposite** [`ɑpəzɪt]

形「對面的／相反的」

副「在對面」介「在對面」

例 I think his office is on the **opposite** side of the street.

「我認為他的辦公室在這條街的對面。」

名 òpposítion「反對」

動 oppóse「反對」

434 ☑ **former** [`fɔrmɚ] 形「前任的」名「前者」

類 ex-「前任的」

反 látter「後面的／後者」

解答

❶ 前（前任）

❷ （A）（A）appropriate「適當的」（➡❷444）／

（B）opposite「對面的」（➡433）／

（C）sensible「明智的」（➡❷517）／

（D）visible「可看見的」（➡448）

譯「沒有適當的場所辦活動。」

- 將句中劃底線的單字譯成中文填入空格。

☑❶ The group consists of people of <u>various</u> ages.

「這個團體是由（　　）不同年齡的人組成。」

- 從（A）～（D）中選出底線單字的同義詞。

☑❷ The <u>primary</u> aim of this course is to improve students' written English.

（A）main　　　　（B）urgent

（C）secondary　　（D）last

---

435 ☑ **primary** [`praɪ,mɛrɪ]

形「**主要的／首要的**」

類 **máin**「主要的」

副 **primárily**「首先／主要地」

436 ☑ **empty** [`ɛmptɪ]

形「**空的**」

他「**使成為空的**」

例 He picked up an **empty** can on the floor.

「他撿起地板上的空罐子。」

類 **vácant**「空的」

反 **fúll**「滿的」

437 ☐ **fluent** [`fluənt] 形「**流利的**」

例 He is **fluent** in French.

「他能說流利的法文。」

名 **flúency**「流利」

副 **flúently**「流利地」

438 ☐ **lazy** [`lezɪ] 形「**怠惰的**」

例 He is too **lazy** to work hard.

「他太懶而不努力工作。」

類 **ídle**「怠惰的」

名 **láziness**「怠惰」

439 ☐ **various** [`vɛrɪəs] 形「**各式各樣的**」

⊘ **various** 後面接續的名詞一定要是複數形。

類 **dífferent**「不同的」

名 **varíety**「變化／多樣性」

片 **a varíety of ~**「各種的」

動 **váry**「變更／使不同」

副 **váriously**「各種地」

解答

❶ 各種

❷（A）（A）main「主要的」／（B）urgent「緊急的」（➡❷469）／（C）secondary「第二的」（➡❷537）／（D）last「最後的」

譯「這個課程的主要目標是為了要增進學生的英文寫作能力。」

- 將句中劃底線的單字譯成中文填入空格。
☑❶ She is very <u>strict</u> with her students.
  「她對她的學生們非常（　　　）。」
- 從（A）～（D）中選出底線單字的同義詞。
☑❷ The world is changing at a <u>rapid</u> rate.
  （A）slow 　　　　（B）quick
  （C）high 　　　　（D）low

---

440 ☑ **long-term** [`lɔŋ͵tɝm]
　 形「**長期的**」

例 The company needs to rethink its **long-term** strategy.

　 「公司需要重新考慮長期戰略。」

反 **shórt-térm**「短期的」

441 ☑ **narrow** [`næro]
　 形❶「**狹窄的**」
　　 ❷「**勉強的**」
　 他「**限制**」

例 Be careful especially when driving **narrow** roads.

　 「行駛狹窄路段時要特別小心。」

反 **bróad / wíde**「廣闊的」

442 ☐ **rapid** [`ræpɪd] 形「急速的／快的」

類 **quíck**「快的」

名 **rapídity**「急速」

副 **rápidly**「急速地／迅速地」

443 ☐ **senior** [`sinjɚ]

形「**年長的／**（地位等）**資深的**」名「**年長者**」

例 More than 30 **senior** executives will participate in the conference.

「超過30名資深主管將參加會議。」

反 **júnior**「短期的」

444 ☐ **severe** [sə`vɪr] 形「**嚴格的／嚴重的**」

例 He is suffering from a **severe** headache.

「他受到嚴重頭痛之苦。」

類 **stríct**「嚴格的」、**sérious**「嚴重的」
hársh「嚴酷的」

445 ☐ **strict** [strɪkt] 形「**嚴厲的／嚴格的**」

類 **sevére / stérn**「嚴厲的」

副 **stríctly**「嚴厲地／嚴密地」

解答

❶ 嚴厲

❷ （B）（A）slow「慢的」／（B）quick「快速的」／（C）high「高的」／（D）low「低的」

譯「世界正急遽變化。」

形容詞・副詞（11）

●將句中劃底線的單字譯成中文填入空格。

☐❶ The method is too <u>complicated</u> for me to understand.

「這個方法對我而言過於（　　）以致於我無法理解。」

●從（A）～（D）中選出最適當的選項填入空格裡。

☐❷ The star is (　　) to the naked eye.
　（A）familiar　　　　（B）confident
　（C）visible　　　　 （D）known

---

446 ☐ **legal** [`ligl]

　形「**法律上的／合法的**」

例 I think we should take **legal** action against them.

　「我認為我們應該對他們採取法律行動。」

類 **láwful**「合法的」

反 **illégal**「違法的」

---

447 ☐ **extra** [`ɛkstrə]

　形「**額外的／另外收費的**」

例 Can you tell me the **extra** charge for that service?

　「可以請您告訴我有關那項服務的額外費用嗎？」

類 **addítional**「額外的」

448 ☑ **visible** [ˋvɪzəb!]
　　形「可看見的／清晰的」
　反 **invísible**「看不見的」
　名 **vísion**「視力／（將來的）展望」

449 ☑ **alike** [əˋlaɪk]
　　形「相像的」
　　副「同樣地」
　例 The twins are so **alike** that I can't tell them apart.
　　「這對雙胞胎如此相像，以致我無法區分他們。」
　類 **símilar**「像」

450 ☑ **complicated** [ˋkɑmpləˏketɪd]
　　形「複雜的／錯綜複雜的」
　類 **complex**「複雜的」
　動 **cómplicàte**「使複雜化」

第
5
章

解答
❶ 複雜
❷（C）（A）familiar「熟悉的／眾所皆知的」／
　（B）confident「有自信的」（➡❷481）／
　（D）known「眾所皆知的」
譯「那顆星星是肉眼可見的。」

- 將句中劃底線的單字譯成中文填入空格。

☐❶ Please let us know the exact date of your arrival.

「請讓我們知道您（　　　）抵達日期。」

- 從（A）～（D）中選出最適當的選項填入空格裡。

☐❷ It's hot and (　　) today.

（A）humid （B）experienced

（C）waterproof （D）generous

---

451 ☐ **separate** 形 [`sɛprɪt] 他 [`sɛpəˌret]

形「分開的／個別的」

他「脫離／分開」

例 Our children have **separate** bedrooms.

「我們的孩子們有個別的臥室。」

名 **sèparátion**「分離／分隔」

452 ☐ **exact** [ɪg`zækt] 形「精確的／精密的」

類 **precíse / áccurate / corréct**「正確的」

副 **exáctly**「正確地」

453 ☐ **humid** [`hjumɪd] 形「潮濕的」

類 **dámp / móist**「潮濕的」

名 **humídity**「濕氣／濕度」

178

454 ☑ **upstairs** [`ʌp`stɛrz]

副「在〔往〕二樓／在〔往〕樓上」

例 She rushed **upstairs** and into her room.

「她衝到二樓進到自己房間。」

反 **dównstáirs**「在樓下」

455 ☑ **waterproof** [`wɔtɚˌpruf]

形「防水（性）的／不透水的」

例 The case is made from **waterproof** material.

「這個箱子是用防水素材做成的。」

456 ☑ **casual** [`kæʒʊəl]

形「無拘束的／輕便的」

例 He usually works in **casual** clothes.

「他通常穿著便服工作。」

類 **infórmal**「非正式的／日常穿的」

反 **fórmal**「正式的／正規的」

第5章

解答

❶ 確切的

❷ （A）（B）experienced「有經驗的」／
（C）waterproof「防水（性）的」（➡**455**）／
（D）generous「寬宏大量的」（➡❷**484**）

譯「今天的天氣又熱又潮濕。」

- 將句中劃底線的單字譯成中文填入空格。
☐❶ We need to look at the problem from a
   more <u>realistic</u> point of view.
   「我們需要從更（　　　）觀點看這個問題。」
- 從（A）～（D）中選出底線單字的同義詞。
☐❷ I <u>nearly</u> missed my flight this morning.
   （A）always　　　　（B）almost
   （C）hardly　　　　（D）seldom

457 ☐ **realistic** [rɪə`lɪstɪk]
　　形「現實的」
　類 **práctical**「現實的／實際的」
　反 **ùnrealístic**「非現實的」
　名 **reálity**「現實」
　副 **rèalístically**「現實地」
　相關 **réal**「真實的／真正的」

458 ☐ **nearby** [`nɪr͵baɪ]
　　形「附近的」
　　副「在附近」
　例 There is a post office **nearby**.
　　「附近有一家郵局。」

459 ☑ **nearly** [`nɪrlɪ]

副「幾乎／差不多」

類 **álmost**「幾乎／差不多」

形 **néar**「近的」

460 ☑ **highly** [`haɪlɪ]

副「非常／高度（評價）／高價地」

例 He was **highly** recommended for the position.

「他被強烈推薦接下這個職位。」

類 **véry**「非常」

名 **héight**「高度」

形 **hígh**「高的」

461 ☑ **scarcely** [`skɛrslɪ] 副「幾乎不」

例 He could **scarcely** hear what she was saying.

「他幾乎聽不見她在說什麼。」

類 **hárdly / bárely**「幾乎不」

名 **scárcity**「不足／缺乏」

形 **scárce**「缺乏的／不足的」

解答

❶ 現實的

❷ （B）（A）always「總是」／（B）almost「幾乎／差不多」／（C）hardly「幾乎不」／（D）seldom「很少」

譯「我今天早上差點錯過我的航班。」

第5章

- 將句中劃底線的單字譯成中文填入空格。

☑❶ I got angry at his <u>rude</u> behavior.

「他（　　）態度令我生氣。」

- 從（A）～（D）中選出底線單字的同義詞。

☑❷ It was <u>stupid</u> of him to say such a thing.

（A）kind　　　　　（B）foolish

（C）nervous　　　　（D）strict

---

462 ☑ **stupid** [`stjupɪd] 形「**愚蠢的／笨的**」

類 **fóolish / sílly**「愚蠢的」

名 **stupídity**「愚笨／蠢事」

副 **stúpidly**「愚蠢地」

463 ☑ **rude** [rud]

形「**失禮的／粗魯的／不禮貌的**」

類 **ìmpolíte**「失禮的／粗魯的」

反 **políte**「有禮的／有教養的」

副 **rúdely**「無理地／粗魯地」

464 ☑ **charming** [`tʃɑrmɪŋ]

形「**有魅力的／迷人的**」

例 The hotel has a **charming** restaurant.

「這家飯店有一間迷人的餐廳。」

類 **pléasant**「令人愉快的」

名 **chárm**「魅力」

動 **chárm**「吸引」

465 ☐ **universal** [ˌjunə`vɝ-sl]

形「全世界的／普遍的／一般的」

例 English is becoming a **universal** language.

「英文正在成為全世界共通的語言。」

類 **géneral**「一般的」

名 **únivèrse**「宇宙／全世界」

副 **ùnivérsally**「普遍地／一般地」

466 ☐ **sentimental** [ˌsɛntə`mɛntl̩]

形「感情的／感傷的／多愁善感的」

例 I'm getting more **sentimental** as I grow older.

「我年紀越大越容易感傷。」

類 **emótional**「感情的」

名 **séntiment**「意見／感情」

副 **sèntiméntally**「多情地／感傷地」

第5章

解答

❶ 粗魯的

❷ （B）（A）kind「親切的」／（B）foolish「愚笨的」／（C）nervous「神經質的」（➡417）／（D）strict「嚴厲的」（➡445）

譯「他竟然說出那種話，真是太愚蠢了。」

形容詞・副詞（15）

- 將句中劃底線的單字譯成中文填入空格。

☑❶ Air pollution is a serious problem in urban areas.

「空氣污染在（　　　）是一個嚴重的問題。」

- 從（A）～（D）中選出底線單字的同義詞。

☑❷ The memory is still vivid.

（A）beautiful 　　　（B）precious

（C）necessary 　　　（D）clear

---

467 ☑ **vivid** [ˋvɪvɪd]

　　形「鮮豔的／鮮明的」

類 **cléar**「鮮明的」

副 **vívidly**「鮮豔地／清楚地」

468 ☑ **bright** [braɪt]

　　形「燦爛的／明亮的」

例 I was walking in the **bright** sunlight of the morning.

「我在早晨燦爛的陽光下散步。」

類 **shíny**「燦爛的」

　　 líght「明亮的」

動 **bríghten**「使閃亮／使明亮」

副 **bríghtly**「燦爛地／明亮地」

469 ☑ **downtown** 副 形 [ˌdaʊn`taʊn] 名 [`daʊn`taʊn]

副「往〔在〕鬧區〔市中心〕」

形「鬧區的」名「鬧區」

例 I went **downtown** with friends last night.

「昨晚我和朋友去鬧區。」

470 ☑ **urban** [`ɝbən] 形「城市的／都市的」

類 **city**「城市的／都市的」

反 **rural**「鄉下的」

471 ☑ **overseas** 副 [`ovɚ`siz] 形 [`ovɚ-siz]

副「到國外」形「國外的」

例 He is planning to study **overseas** after graduating from high school.

「他正計畫高中畢業後前往國外讀書〔留學〕。」

類 **abroad**「到國外」

472 ☑ **online** [`ɑnˌlaɪn]

形「線上作業的」副「連線地」

例 I bought the books **online**.

「我在線上買書。」

第5章

解答

❶ 市區

❷ （D）（A）beautiful「美麗的」／（B）precious「貴重的」／（C）necessary「必要的」（➡395）／（D）clear「鮮明的」

譯「記憶依然鮮明。」

- 將下列英文譯成中文。

☑❶ I got a flat tire.

「（　　　）。」

- 從（A）～（D）中選出最適當的選項填入空格裡。

☑❷ This isn't an appropriate way of dealing with (　　) waste.

（A）casual （B）polite
（C）industrial （D）loud

---

473 ☑ **loud** [laʊd]

㊫「**大聲的（聲音）／喧噪的**」

㊫「**大聲地**」

㋓ He spoke in a **loud** voice.

「他大聲說話。」

㊠ **nóisy**「喧鬧的」

㊫ **lóudly**「大聲地」

474 ☑ **part-time** [ˋpɑrtˋtaɪm]

㊫「**兼職的／非全日的**」

㊫「**非全日地**」

㋓ I have a **part-time** job on Monday and Tuesday.

「我星期一和星期二有兼職工作。」

㋬ **fúll-tíme**「專職的／全日的」

475 ☑ **industrial** [ɪn`dʌstrɪəl]

形「**產業的／工業的**」

名 **índustry**「產業／工業」

476 ☑ **flat** [flæt]

形 ❶「**平的／淺的**（盤子）」

❷「**洩了氣的**（輪胎）」

副「**（時間）正好**」

名「**公寓（的一間房間）**」（英國用語）

副 **flátly**「斷然地／直截了當地」

477 ☑ **asleep** [ə`slip] 形「**睡著的**」

例 I was so tired that I fell **asleep** on the train.

「我太累了，以致於在火車上睡著。」

類 **sléeping**「睡著的」

反 **awáke**「醒著的」

名 **sléep**「睡眠」

動 **sléep**「睡覺」

相關 **sléepy**「想睡的／使人想睡的」

第5章

解答

❶ 輪胎漏氣了

❷ （C）（A）casual「無拘束的」（➡456）／

（B）polite「有禮的」／（D）loud「喧噪的」

（➡473）

譯「這不是處理工業廢棄物的適當方式。」

- 將句中劃底線的單字譯成中文填入空格。

☑❶ I sent the receipt <u>along with</u> other documents.

「我把收據（　　　）其他文件寄出。」

- 從（A）～（D）中選出最適當的選項填入空格裡。

☑❷ Their hometown is known（　　）its scenic beauty.

　　（A）as 　　　　　　（B）for

　　（C）to 　　　　　　（D）among

---

478 ☑ **alóng with** ～「與～在一起／併同」

479 ☑ **as soon as** S V ～「一～就」

例 I'll call you **as soon as** I get to the airport.

「我一抵達機場就打電話給你。」

🕑 一起把 **as soon as póssible** / **as soon as** S **can [could]**「盡快」記住喔！

480 ☑ **at least**「至少」

例 There were **at least** one hundred people in the room.

「房間裡至少有一百個人。」

反 **at most**「至多／盡最大努力」

481 ☑ be known for ~
「以～著名」

⏱ **be known to ~**「為～所熟悉」也一起記住吧！

例 This song **is known to** many people.

「這首歌為很多人所熟悉。」

482 ☑ be suppósed to V
「理應／必須」

例 She **is supposed to** arrive tomorrow.

「她理應明天到達。」

483 ☑ be súre to V
「肯定」

例 He **is sure to** pass the exam.

「他肯定通過考試。」

484 ☑ be wílling to V
「願意／自願做」

例 I'm **willing to** wait until you are ready.

「我願意等到你準備好。」

解答

❶ 併同

❷ （B）（A）as「作為」／（C）to「到」／
（D）among「在～之間」

譯「他們的故鄉以美麗的景色著名。」

● 將句中劃底線的單字譯成中文填入空格。

☑❶ He repaired my car for free.

「他（　　　）修理我的車。」

● 從（A）～（D）中選出底線單字的同義詞。

☑❷ I met her mother by chance.

（A）accident （B）mistake

（C）train （D）the way

---

485 ☑ *A* **as well as** *B*

「A和B一樣」

例 This product is popular among men **as well as** women.

「這項產品在男人和女人之間一樣受到歡迎。」

類 **not only** *B* **but (also)** *A*「不僅B，A也」

486 ☑ **accórding to ~**

❶「根據」❷「按照」

例 **According to** the weather forecast, it will rain tomorrow.

「根據氣象預報，明天將會下雨。」

例 I installed it **according to** the instructions.

「我按照説明安裝它。」

487 ☑ by chance「偶然地」

圞 by áccident「偶然地」

囻 on púrpose / delíberately / inténtionally
「故意地」

488 ☑ on púrpose
「故意地／特地」

囫 He misspelled my name **on purpose**.

「他故意拼錯我的名字。」

圞 delíberately / inténtionally「故意地」

囻 by chánce[áccident]「偶然地」

489 ☑ for frée「免費」

圞 frée of chárge / for nóthing「免費」

490 ☑ in itsélf[themsélves]「以其本身而言」

囫 The plan **in itself** wasn't so bad.

「這項計劃本身而言並不太壞。」

☑ 代名詞為單數名詞時為**itself**，複數名詞時為
themselves。

解答

❶ 免費

❷ （A）（A）by accident「偶然地」／（B）by
mistake「搞錯」／（C）by train「搭火車」／
（D）by the way「順便一提」

譯「我偶然遇到她的母親。」

● 將句中劃底線的單字譯成中文填入空格。

☑❶ I have to get rid of my old PC.

「我必須（　　　）我的舊電腦。」

● 從（A）～（D）中選出最適當的選項填入空格裡。

☑❷ You can choose (　　) pork or beef.

（A）both　　　　　（B）either

（C）nor　　　　　（D）but

---

491 ☑ **eíther** *A* **or** *B*

「不是A就是B」

相關 **bóth** *A* **and** *B*「A和B都」

　　　neíther *A* **nor** *B*「A和B都不」

492 ☑ **excépt for ~**

「除了／除了～之外」

例 Everything went well **except for** a few minor problems.

「除了一些小問題之外，每一件事都進行順利。」

類 **exclúding**「除了」

　　óther than ~「除了～之外」

493 ☑ **get ríd of ~**「丟掉／處理」

類 **dispóse of ~**「處理」

494 ☐ **go ahéad**

❶「進行」❷「（催促對方）請吧！」

例 "Can I use your phone?" "**Go ahead.**"

「我可以用你的電話嗎？」「請用吧！」

495 ☐ **have tróuble** Ving「難以」

例 I **had trouble** finding the right location.

「我難以找到正確的位置。」

⏱ **have no tróuble** Ving「毫無困難」、
have little tróuble Ving「有點困難」等
也一併記住喔！

類 **have dífficulty [a hard time]** Ving「難以」

496 ☐ **in time for** ～「及時趕上」

例 He was just **in time for** the wedding.

「他正好及時趕上婚禮。」

497 ☐ **instéad of** ～「代替／而不是」

例 You should take the bus **instead of** the train.

「你應該搭公車而不是火車。」

類 **in pláce of** ～「代替」

解答

❶ 丟掉

❷ （B）其他的選項沒有意義。

譯「你可以選擇豬肉或牛肉。」

- 將句中劃底線的單字譯成中文填入空格。

☐❶ I read the newspaper on the train <u>to keep up with</u> the latest news.

「我在火車上看報紙，以（　　　）最新消息。」

- 從（A）～（D）中選出底線單字的同義詞。

☐❷ The train was delayed <u>because of</u> heavy rain.

　（A）in spite of 　　（B）in terms of
　（C）up to 　　　　（D）due to

---

498 ☐ **due to ~**

「因為／由於」

類 **becáuse of ~ / ówing to ~ / on accóunt of ~**

「因為／由於」

499 ☐ **in addítion to ~**

「加上／除了～還有」

例 He has rental income **in addition to** his salary.

「他除了薪水，還有租金收入。」

🕐 **in addítion**「又／此外」也很重要！

類 **besídes / on top of ~**「除了～還加上」

500 ☑ **in spíte of ~**「儘管／雖然」

例 **In spite of** bad weather, many people attended the event.

「儘管天氣很差，很多人還是參加了活動。」

類 **despíte**「儘管／雖然」

501 ☑ **keep in touch**「保持聯絡／繼續通信」

例 Please **keep in touch**.

「請保持聯繫。」（寫信時）

502 ☑ **keep up with ~**「跟上」

⚠ 注意勿與**put up with ~**「忍受」、
catch up with ~「趕上」、
come up with ~「想出」混淆！

類 **keep pace with ~**「跟上～的步伐」

503 ☑ **come acróss**「偶然發現」

例 I **came across** the book at the library.

「我在圖書館偶然發現這本書。」

解答

❶ 跟上

❷ （D）（A）in spite of ~「儘管」（➡500）／
（B）in terms of ~「就～方面來說」（➡566）／
（C）up to ~「直到」（➡546）

譯「火車因為大雨而延誤。」

- 將句中劃底線的單字譯成中文填入空格。

☑❶ Please <u>pick me up</u> at the station.

「麻煩到車站（　　　）。」

- 從（A）～（D）中選出最適當的選項填入空格裡。

☑❷ His boss (　　　) out that his plan was difficult to carry out.

（A）carried 　　　（B）pointed

（C）took 　　　　（D）went

---

504 ☑ **on áverage**

「平均」

例 You should sleep six to seven hours **on average**.

「你應該平均睡六至七個小時。」

505 ☑ **máke it**

❶「及時趕到」

❷「成功」

❸「等候」

例 I'm afraid I can't **make it** to the meeting.

「我擔心無法及時趕上這個會議。」

506 ☐ **on búsiness**「出差」

例 I have to go to New York **on business** this weekend.

「這週末我必須到紐約出差。」

反 **for pléasure**「（旅遊）玩樂／私人消遣」

507 ☐ **pick ~ out / pick out ~**「挑選」

例 I had difficulty **picking out** a present for her.

「我難以挑出一個禮物來送她。」

類 **chóose / seléct**「挑選」

508 ☐ **pick ~ up / pick up ~**
- ❶「用車子接（人）」
- ❷「拾起」

509 ☐ **póint out ~**「提出／指出」

解答

❶ 接我

❷（B）（A）carry ~ out／carry out ~「實行」
（➡538）／（C）take ~ out／take out ~「取出」／
（D）go out「外出」

（A）（C）（D）不論哪一個選項都不適合接後面
that子句的內容。

譯「他的上司指出他的計劃難以實行。」

- 將句中劃底線的單字譯成中文填入空格。
☐❶ We tend to <u>take</u> clean water <u>for granted</u>.
　　「我們容易認為有乾淨的水可以使用（　　）。」
- 從（A）～（D）中選出最適當的選項填入空格裡。
☐❷ The decision has been (　　) off until next month.
　　（A）got　　　　　　（B）put
　　（C）taken　　　　　（D）seen

---

510 ☐ **put ~ off / put off ~**
　　「**延遲**」

⏰ 注意勿與**call off ~**「中止／取消（預約）」混淆！
類 **postpóne**「使延期」

511 ☐ **put ~ on / put on ~**
　　「**穿**（衣服）」

例 He **put on** his new jacket and left the house.
　　「他穿上他的新夾克離開家。」

⏰ **put on**是表示「穿上」的動作，**wéar**是表示「穿著」的狀態。

反 **take ~ off / take off ~**「脫」

512 ☑ **take ~ off / take off ~**「脫（衣服）」

例 She **took off** her coat when she came inside.

「進入室內時，她脫下外套。」

⏱ 請一併記住**take off**「（飛機）起飛」的意思！

反 **put ~ on / put on ~**「穿」

513 ☑ **take ~ for gránted**
「認為～理所當然／想當然」

514 ☑ **take pláce**
「舉行／舉辦／發生」

例 The meeting will **take place** next month.

「會議將在下個月舉行。」

類 **be held**「被舉行」

háppen / occúr「發生」

515 ☑ **thánks to ~**「多虧」

例 **Thanks to** his help, I managed to finish the
work.

「多虧他的幫忙，我設法完成了這個工作。」

解答

❶ 是理所當然的

❷ （B）（A）get ~ off／get off ~「下（火車等）」／
（C）take ~ off／take off ~「脫」（➡512）／
（D）see ~ off「為～送行」（➡553）

譯「決策已被延至下個月。」

● 將句中劃底線的單字譯成中文填入空格。

☑❶ You should <u>take advantage of</u> this opportunity to learn about environmental issues.

「你應該（　　）這個機會針對環境問題做學習。」

● 從（A）～（D）中選出底線單字的同義詞。

☑❷ His story <u>turned out</u> to be false.

（A）failed 　　　　（B）managed

（C）proved 　　　　（D）started

---

516 ☑ look fórward to ~「期待」

例 I am **looking forward to** seeing you.

「我期待見到你。」

⚠ to後面接動詞時用Ving而不是原形。

517 ☑ hear from ~
「從～得到消息」

例 I haven't **heard from** him since then.

「從那時之後，我就沒有他的消息。」

518 ☑ regárd *A* as *B*
「視A為B／把A當作B」

例 I still **regard** him **as** a good player.

「我仍然把他當作一位好的運動員。」

類 view [take / think of / look on] *A* as *B*
「視A為B」

相關 regárding「關於」

519 ☐ **take advántage of ~**
「利用（機會）」

520 ☐ **turn out (to be) ~**
「結果是／證明是」

⏱ 請一併記住**It turns out that** S V ~
「結果是／證明是」的句型！

類 **próve (to be) ~**「結果是／證明是」

521 ☐ **(close) at hand**
「（時間、位置）**在附近／接近的**」

例 My birthday is **close at hand**.
「我的生日快到了。」

解答

❶ 利用

❷ （C）（A）fail to V「未能／沒有」／（B）manage
to V「設法」／（C）prove (to be)「結果是」／
（D）start to V「開始」

譯「結果他的故事是假的。」

- 將句中劃底線的單字譯成中文填入空格。

☑❶ When he <u>was about to</u> leave, she began to cry.

「當他（　　）離開時，她開始哭了。」

- 從（A）～（D）中選出最適當的選項填入空格裡。

☑❷ Please (　　) yourself to coffee and tea.

（A）help　　　　　（B）take

（C）have　　　　　（D）get

---

522 ☑ **help** *oneself* **to ~**

「自行取來吃（喝）」

523 ☑ **ríght awáy**

「馬上／立刻」

例 I'll do it **right away**.

「我馬上去做。」

類 **at once**「馬上／立刻」

524 ☑ **work on ~**

「致力於」

例 We started **working on** the project immediately.

「我們立即開始致力於這項計畫。」

525 ☐ **in the long run**
「從長遠來看」

例 This method will save money **in the long run**.

「從長遠來看，這個方法將可省錢。」

類 **evéntually / in the end**「最後」

526 ☐ **be about to** V「即將」

類 **be (just) going to** V「即將」

527 ☐ **meet with ~**「與～約見面」

例 Mr. Adams **meets with** the client regularly.

「亞當斯先生定期與客戶約見面。」

528 ☐ **try ~ on / try on ~**「試穿」

例 **Try on** the pants before you buy them.

「在你買長褲之前要先試穿一下。」

529 ☐ **léave ~ behìnd**
「忘了帶（東西）／留下（人）」

例 He **left** the documents **behind** at home.

「他把文件放在家忘了帶。」

解答

❶ 即將

❷ （A）其他的選項沒有意義。

譯「請自行取用咖啡和茶。」

- 將句中劃底線的單字譯成中文填入空格。
☐ **❶** This program has been successful <u>so far</u>.
　　「這個計畫（　　　）都很成功。」
- 從（A）～（D）中選出最適當的選項填入空格裡。
☐ **❷** I got (　　　) in a shower on my way home.
　　（A）caught　　　　　（B）brought
　　（C）taken　　　　　　（D）given

---

530 ☐ **get in[into] ~**「上車（自用車）」

例 She **got into** the car and closed the door.

　　「她上了車，關上門。」

反 **get out of ~**「從（自用車）下車」

531 ☐ **get ~ on / get on ~**
　　「上車（火車或公車）」

例 He **got on** the train just before it left the station.

　　「他趕在火車離開車站之際上了車。」

反 **get ~ off / get off ~**「從（火車或公車）下車」

532 ☐ **get back to ~**「回電給」

例 I'll **get back to** you later.

　　「我晚點回電給您。」

相關 **get back**「回來」

533 ☐ **get[be] cáught in ~**
「遇到（雨）」

534 ☐ **so far**「目前為止／迄今」
類 **untíl[up to] now**「目前為止」

535 ☐ **every other ~**「每隔」
例 The meeting is held **every other** week.
「會議每隔一週召開。」

536 ☐ **each other**「互相」
例 We have been contacting **each other** by email.
「我們用電子郵件互相聯繫。」
類 **one anóther**「互相」

537 ☐ **beat aróund the bush**
「東扯西扯／繞圈子」
例 Don't **beat around the bush**.
「不要東扯西扯。」
詞源 本片語是從透過敲打**bush**「灌木叢」周圍趕出獵
物的行為延伸而來。

解答
❶ 目前為止
❷ （A）其他的選項沒有意義。
譯「我在回家的路上突遇大雨。」

● 將句中劃底線的單字譯成中文填入空格。

☑❶ Ms. Nelson is in charge of the project.

「尼爾森女士（　　　）這項計畫。」

● 從（A）～（D）中選出底線單字的同義詞。

☑❷ I've been living by myself for six months.

（A）alone 　　　（B）happily

（C）so far 　　　（D）each other

---

538 ☑ **carry ~ out / carry out ~**

「**實行**」

例 They are **carrying out** a campaign against smoking.

「他們正在實行拒菸運動。」

類 **put ~ into práctice**「實行」

539 ☑ **get lost**「迷路」

例 He **got lost** and couldn't find the hotel.

「他迷路了，找不到飯店。」

540 ☑ **by** *oneself*

「獨自／單獨地」

類 **alóne**「獨自」

541 ☐ **in charge of ~**
「負責／～的負責人」

類 **be respónsible for ~**「～的負責人」

542 ☐ **all the way**
「遙遠地／整個途中」

例 He came here **all the way** from Atlanta.
「他從亞特蘭大千里迢迢來這裡。」

543 ☐ **How come ~?**
「為什麼～呢？」

例 **How come** you didn't leave a message?
「為何你不留言呢？」

⚠ **How come**之後接的是主詞S＋動詞V的句型順序，而不是疑問句型。上述例句不能寫成「How come didn't you leave a message?」。

544 ☐ **from ~ on**「從～開始」

例 This new version is available **from** now **on**.
「這個新版本從現在開始生效。」

解答

❶ 負責

❷ （A）（A）alone「獨自」／（B）happily「幸福地」／（C）so far「目前為止」（➡534）／（D）each other「互相」（➡536）

譯 「我已經獨自生活六個月了。」

● 將句中劃底線的單字譯成中文填入空格。

☑❶ I haven't been there <u>for ages</u>.

　　「我已經（　　　）沒有去那裡了。」

● 從（A）～（D）中選出最適當的選項填入空格裡。

☑❷ I tried to contact them over (　　) over again.

　　（A）and　　　　　　　（B）on

　　（C）through　　　　　（D）to

---

545 ☑ **come to** V

　「**成為～樣子**（表示事情變化的結果）」

例 I **came to** know him personally three years ago.

　「我三年前就認識他了。」

⚠ 接續的V必須為狀態動詞，不能寫成become to V。

546 ☑ **up to ~**

　❶「**到～為止**」

　❷「**由～決定**」

例 I've always liked my job **up to** now.

　「我到現在為止還是喜歡我的工作。」

例 It's **up to** you.

　「由你決定吧！」

類 **untíl / tíll**「到～為止」

547 ☐ **be good at ~**「善於」

例 He **is** very **good at** dealing with these kinds of situations.

「他非常善於處理這類的狀況。」

反 **be poor[bad] at ~**「不善於」

548 ☐ **for ages**「很久」

類 **for a long time**「很久」

549 ☐ **over and over (again)**
「一再地（反覆地）」

類 **repéatedly / agáin and agáin**「一再地」

550 ☐ **fill ~ out[in] / fill out[in] ~**
「填寫～的必要事項／完成（資料等）」

例 Please **fill out** the form.

「請完成表格。」

類 **compléte**「完成」

551 ☐ **in full**「全部／全額」

例 I have to pay the debt **in full** by June 30.

「我必須在6月30日前付清所有借款。」

解答

❶ 很久

❷ （A）其他的選項沒有意義。

譯 「我試著一再聯繫他們。」

片語（12）

- 將句中劃底線的單字譯成中文填入空格。
☑❶ John <u>stood out</u> among the candidates.
　　「約翰在候補者之間（　　　）。」
- 從（A）～（D）中選出底線單字的同義詞。
☑❷ They <u>set out</u> for France on July 20.
　　（A）waited　　　　（B）left
　　（C）looked　　　　（D）longed

---

552 ☑ **set out**
　　「出發」

類 **leave / set off**「出發」

553 ☑ **see ~ off**
　　「為（人）送行」

例 We went to the airport to **see** her **off**.
　　「我們去機場為她送行。」

554 ☑ **gain[put on] weight**
　　「體重增加」

例 He has **gained** a lot of **weight** over the last 6 months.
　　「他這6個月以來體重增加許多。」

反 **lose wéight**「體重減輕」

555 ☑ **wear out**

❶「（人）**精疲力竭**」❷「（衣服等）**破舊的**」

例 He was **worn out** after working all night.

「他工作整晚後精疲力竭。」

556 ☑ **stand out**「**顯著／突出**」

557 ☑ **be made up of ~**
「**由～構成／由～組成**」

例 The committee **is made up of** twelve members.

「委員會由十二名成員組成。」

類 **be compósed of ~ / consíst of ~**「由～組成」

558 ☑ **take turns** Ving「**輪流**」

例 We **took turns** driving back to Seattle.

「我們輪流開車回西雅圖。」

559 ☑ **give ~ a ride**「**讓（人）搭車**」

例 Can I **give** you **a ride** home?

「我可以開車送你回家嗎？」

解答

❶ 很突出

❷ （B）（A）wait for ~「等待」／（B）leave for ~「出發到」／（C）look for ~「尋找」／（D）long for ~「渴望」

譯「他們7月20日出發到法國。」

片語（13）

- 將句中劃底線的單字譯成中文填入空格。
- ❶ These things cannot be evaluated <u>in terms of</u> money.

  「這些東西是無法（　　　）衡量的。」
- 從（A）～（D）中選出底線單字的同義詞。
- ❷ I'll be back <u>in no time</u>.

  （A）soon　　　　　（B）tomorrow

  （C）sometimes　　　（D）scarcely

---

560 ☐ **be at a loss (what to do[say])**

「（對該做什麼〔該說什麼〕）不知所措」

例 I **was at a loss what to do** because I didn't know what he was talking about.

「我不知所措，因為我不知道他在說什麼。」

561 ☐ **do withóut ～**「沒有～也行」

例 Many people can't **do without** cell phones.

「很多人不能沒有行動電話。」

類 **dispénse with ～**「沒有～也行」

562 ☐ **look back**「回過頭看／回顧」

例 **Looking back**, the trip was a great success.

「回過頭看，此次旅行真是成功。」

563 ☐ **by way of ~**「通過／經由」

例 She returned to London **by way of** New York.

「她經由紐約回到倫敦。」

類 **vía**「經由」

564 ☐ **burst out** Ving「突然」

例 He **burst out** laughing when he heard about the incident.

「當他聽到這個事件時突然大笑。」

⊘ **burst**本身有「爆發」之意。

類 **burst into ~**「突然」

例 She **burst into** tears.

「她突然哭了。」

565 ☐ **in no time**「馬上／立即」

類 **(very) soon**「馬上」

(very) quickly「很快地」

566 ☐ **in terms of ~**「就～方面來說」

解答

❶ 就金錢方面來

❷（A）（A）soon「立即／馬上」／（B）tomorrow「明天」／（C）sometimes「有時」／（D）scarcely「幾乎不」（➡461）

譯「我馬上回來。」

需特別注意的單字（1）

- 將句中劃底線的單字譯成中文填入空格。
- ☑❶ It doesn't matter to me.
  「這對我來說（　　　）。」
- 從（A）～（D）中選出底線單字的同義詞。
- ☑❷ Let's take a short break.
  （A）walk　　　（B）breakfast
  （C）destruction　（D）rest

---

567 ☑ **book** [bʊk]
他 自「**預約**」名「**書**」

例 I've already **booked** a flight to Honolulu.
「我已經預約了往檀香山的班機。」

類 **resérve**「預約」
名 **bóoking**「預約」

568 ☑ **break** [brek]
名「**休息／中止**」
他「**中斷／破壞**」
自「**中斷／壞掉**」

類 **rést**「休息／中止」
ìnterrúption / ìntermíssion「中斷」

569 ☑ **matter** [`mætɚ]
自「**要緊**」名 ❶「**事情／問題**」 ❷「**物質**」

類 cóunt「要緊」、affáir「事情／問題」、
súbstance / matérial「物質」

570 ☑ last [læst] 自「持續」形「最後的」
例 This weather will probably **last** until Saturday.
「這種天氣可能持續到週六。」
類 contínue / go on「持續」

571 ☑ room [rum]
名 ❶「餘地／空間」❷「房間」
例 There is no **room** for doubt.
「沒有懷疑的餘地。」
⚠ 當作「餘地／空間」之意時，為不可數名詞。
類 spáce「空間」

572 ☑ table [`tebḷ]
名 ❶「表／一覽表」❷「桌子」
例 Look at the **table** below.
「看下面的表格。」
類 líst「（一覽）表」

解答
❶ 無關緊要〔不重要〕
❷ （D）（A）walk「散步」／（B）breakfast
「早餐」／（C）destruction「破壞」／
（D）rest「休息」
譯「稍微休息一下吧。」

- 將句中劃底線的單字譯成中文填入空格。
☑❶ This machine isn't <u>working</u>.
　「這部機器（　　　）。」
- 從（A）～（D）中選出最適當的選項填入空格裡。
☑❷ "May I speak to Mr. Taylor?"
　—"Please (　　) for a moment."
　（A）hold　　　　　（B）run
　（C）arrive　　　　（D）work

---

573 ☑ **country** [ˋkʌntrɪ]

图 ❶「鄉下」❷「國家」

例 She was born in the city, but brought up in the **country**.

　「她生於都市，但在鄉下長大。」

類 **cóuntrysìde**「鄉下」

反 **cíty**「都市」

---

574 ☑ **hold** [hold]

他 ❶「舉辦」❷「抓住」

自「（電話中）等候」

例 His retirement party will be **held** on March 25th.

　「他的退休晚會將在3月25日舉辦。」

575 ☑ **leave** [liv]

 名「休假」

 他 ❶「去」❷「留下」自「出發」

例 She is now on maternity **leave**.

 「她現在正在休產假。」

類 **hóliday / vacátion**「休假」

576 ☑ **work** [wɝk]

 自 ❶「運行／運轉」❷「工作」

 名「工作」

類 **fúnction / perfórm**「運行」

 óperàte「運轉」

577 ☑ **run** [rʌn]

 他「經營／管理」自「跑」

 名 ❶「連續演出」❷「跑步」

例 He **runs** a small business.

 「他經營一家小型企業。」

類 **mánage**「經營／管理」

片 **in the long run**「從長遠來看」

解答

❶ 沒有在運轉

❷（A）（B）run「跑」（➡577）／（C）arrive「抵達」／（D）work「工作」

譯（電話裡）「請問泰勒先生在嗎？」「請等一下。」

第 7 章

- 將句中劃底線的單字譯成中文填入空格。
☐❶ The interest rate has been slightly increasing.
  「（　　　）略有增加。」
- 從（A）～（D）中選出最適當的選項填入空格裡。
☐❷ The names are arranged in alphabetical
  （　　）.
  （A）order　　　（B）interest
  （C）method　　（D）explanation

578 ☐ **interest** [`ɪntərɪst]

　　名 ❶「利益」❷「利息」❸「興趣／關注」
　　他「引起（人）的興趣」

例 I'm **interested** in history.
　　「我對歷史有興趣。」

類 **concérn**「關心」

形 **ínteresting**「有興趣的／有趣的」

579 ☐ **present** 形 名 [`prɛznt] 他 [prɪ`zɛnt]

　　形 ❶「出席的」❷「現在的」
　　名 ❶「禮物」❷「現在」
　　他（**present** A **with** B / **present** B **to** A）
　　　「贈送B給A」

例 Many people were **present** at the meeting.
　　「很多人出席這場會議。」

218

例 The system is working well at **present**.

「系統目前運行的很好。」

類 **cúrrent**「現在的」、**gíft**「禮物」、**gíve**「送給」

580 ☑ **hand** [hænd]

他（**hand** *A B* / **hand** *B* **to** *A*）「把B遞給A」

名「手」

例 I **handed** the key to my wife.

「我把鑰匙遞給我太太。」

類 **páss** *A B* / **páss** *B* **to** *A*「把B遞給A」

581 ☑ **order** [ˋɔrdɚ]

名「訂購／順序／命令／秩序」

他（**order** O **to** V）「命令～做」

例 May I take your **order**?

「我可以為你點餐了嗎？」

類 **commánd**「命令」

片 **out of órder**「狀態不佳／發生故障」

例 The elevator is **out of order**.

「電梯發生故障。」

片 **in órder to** V「為了」

解答

❶ 利率

❷ （A）（B）interest「興趣／利益」（➡578）／

（C）method「方法」（➡195）／

（D）explanation「說明」（➡197）

譯「名字是按字母順序排列的。」

需特別注意的單字（4）

- 將句中劃底線的單字譯成中文填入空格。
☑❶ The woman is <u>heading</u> for the exit.
　「那位女子（　　　）出口。」
- 從（A）～（D）中選出底線單字的同義詞。
☑❷ What was the <u>subject</u> of the meeting?
　（A）study　　　　　（B）objection
　（C）time　　　　　（D）theme

---

582 ☑ **meet** [mit]
　他「滿足」他 自「遇見」

例 We believe that our services will continue to **meet** our customers' demands.

　「我們相信，我們的服務將持續滿足客戶的需求。」

類 **sátisfy / fulfíll**「滿足」

583 ☑ **object** 名 [`ɑbdʒɪkt] 自 他 [əb`dʒɛkt]
　名「物體／目的／對象」
　自「反對」<to> 他「反對」<that子句>

例 The **object** of the seminar is to discuss environmental issues.

　「專題討論會的目的，就是討論環境相關問題。」

例 They **objected** to the proposal.

　「他們反對這個提案。」

類 **oppóse** / **protést (agàinst ~)**「反對」
áim / **góal** / **púrpose** / **objéctive** /
tárget「目的」
thíng「物品」
名 **objéction**「反對」

584 ☑ **subject** 名 形 [ˋsʌbdʒɪkt] 他 [səbˋdʒɛkt]
名「題材／學科／實驗對象」
形「易患（病）的／受到～的」＜to＞
他「使服從於」

例 She is **subject** to colds.
「她很容易感冒。」
類 **íssue** / **théme**「題材」
形 **subjéctive**「主觀的」

585 ☑ **head** [hɛd]
自「前進／朝向」他「站在～的前頭」名「頭」

類 **gó** / **móve**「前進」
léad「站在～的前頭」

解答

❶ 正前往

❷ （D）（A）study「學習／研究」（B）objection
「反對」／（C）time「時間」／（D）theme「題材／
主題」

譯「會議主題是什麼？」

索　引

* 粗體字的單字及片語，表示出現在本書標題的字彙

● M ●

● N ●

● o ●

附　　錄

* 本書中收錄同系列叢書的
「730分完勝」及「860分完勝」單字及片語一覽表

730分完勝

● A ●

- [ ] a pair of ~
- [ ] abandon
- [ ] aboard
- [ ] above all (things)
- [ ] absolutely
- [ ] absorb
- [ ] accidental
- [ ] accompany
- [ ] accomplish
- [ ] account
- [ ] accounting
- [ ] accurate
- [ ] accuse
- [ ] achieve
- [ ] acknowledge
- [ ] acquire
- [ ] acquisition
- [ ] additional
- [ ] adjust
- [ ] admire
- [ ] admission
- [ ] affair
- [ ] agenda
- [ ] aggressive
- [ ] aisle
- [ ] allowance
- [ ] alternative
- [ ] ambitious
- [ ] amount
- [ ] amuse
- [ ] analysis
- [ ] anniversary

- [ ] apart from ~
- [ ] apparent
- [ ] applicant
- [ ] application
- [ ] appoint
- [ ] appreciate
- [ ] appropriate
- [ ] approve
- [ ] approximately
- [ ] apt
- [ ] arrangement
- [ ] arrest
- [ ] as for ~
- [ ] as usual
- [ ] ashamed
- [ ] aspect
- [ ] assemble
- [ ] asset
- [ ] associate
- [ ] association
- [ ] assure
- [ ] at the expense of ~
- [ ] at the sight of ~
- [ ] attach
- [ ] attempt
- [ ] attract
- [ ] auction
- [ ] auditorium
- [ ] authority
- [ ] available
- [ ] await
- [ ] awful

● B ●

- [ ] back and forth
- [ ] balanced

- [ ] bankrupt
- [ ] basement
- [ ] beat
- [ ] before long
- [ ] beforehand
- [ ] believe it or not
- [ ] belonging
- [ ] bend
- [ ] besides
- [ ] beverage
- [ ] biography
- [ ] biology
- [ ] blame
- [ ] block
- [ ] booklet
- [ ] bother
- [ ] bound for ~
- [ ] branch
- [ ] brand-new
- [ ] brief
- [ ] brochure
- [ ] budget

● C ●

- [ ] calculate
- [ ] caliber
- [ ] call it a day
- [ ] candidate
- [ ] capital
- [ ] cardboard
- [ ] care for ~
- [ ] carrier
- [ ] category
- [ ] caution
- [ ] celebrity
- [ ] certificate

☑ chairperson
☑ challenging
☑ characterize
☑ charge
☑ chart
☑ chat
☑ checkup
☑ chemical
☑ chemistry
☑ chin
☑ cholesterol
☑ chop
☑ circumstances
☑ claim
☑ click
☑ closely
☑ column
☑ combine
☑ come up with ~
☑ commerce
☑ commission
☑ commit
☑ committee
☑ competitive
☑ competitor
☑ complaint
☑ compose
☑ concentrate
☑ concept
☑ concern
☑ conclude
☑ condominium
☑ conduct
☑ conference
☑ confess
☑ confident
☑ confirm
☑ congratulate
☑ conservative
☑ considerable
☑ considerate

☑ consideration
☑ construct
☑ consult
☑ consumption
☑ content
☑ contestant
☑ contract
☑ contrary
☑ contribute
☑ cooperate
☑ cooperation
☑ core
☑ costly
☑ council
☑ cover letter
☑ coworker
☑ crack
☑ crash
☑ crew
☑ critic
☑ critical
☑ crop

● D ●

☑ deadline
☑ debt
☑ deceive
☑ declare
☑ decline
☑ decorate
☑ definitely
☑ delay
☑ delete
☑ delightful
☑ demonstrate
☑ depart
☑ department
☑ desirable
☑ destination
☑ determine
☑ device

☑ devote
☑ dialect
☑ die out
☑ dine
☑ direct
☑ discount
☑ discourage
☑ distinguish
☑ distribute
☑ division
☑ donation
☑ dormitory
☑ draft
☑ drawer
☑ dress code
☑ due
☑ dull
☑ dynamic

● E ●

☑ earnings
☑ eat out
☑ economist
☑ edition
☑ educated
☑ efficient
☑ elbow
☑ elderly
☑ element
☑ elementary
☑ embarrass
☑ emphasize
☑ enclose
☑ encounter
☑ end up Ving
☑ engage
☑ enlarge
☑ enormous
☑ enrol(l)
☑ ensure
☑ enterprise

entertain
enthusiastic
entire
equip
equipment
erase
essay
essence
establish
estimate
eternal
ethnic
evaluate
evaluation
eventually
evident
exceed
exceptional
excess
excessive
exclusive
executive
exhaust
exhibit
existing
expand
expansion
expectation
expenditure
explore
expose
expressway
extend
extensive
extent
extreme

● F ●

facility
faculty
failure

fair
fare
farewell
fascinate
fatigue
feature
feel free to V
fellow
fetch
figure
file
finance
finding
fine
fire
firm
first of all
fixed
flag
flaw
flexible
flood
fold
for the sake of ~
forbid
forecast
forward
found
fragrance
frighten
from time to time
frustrate
fulfill
function
fund
funeral

● G ●

generate
generous
get along (with ~)

get over ~
get-together
go with ~
grateful
guarantee

● H ●

hallway
handout
hardship
have no choice
　but to V
headline
headquarters
hesitate
highlight
honor
hospitality
household
human resources
humorous

● I ●

I [I'll] bet (that)
　S V ~
identification
identity
illustrate
imaginative
immediate
immigration
impress
impressive
in advance
in any case
in favor of ~
in question
in short
in the event of ~
incident
inconvenience

- ☑ independent
- ☑ indicate
- ☑ indispensable
- ☑ influential
- ☑ initial
- ☑ initiate
- ☑ input
- ☑ inside out
- ☑ inspire
- ☑ install
- ☑ institution
- ☑ instruct
- ☑ instruction
- ☑ instrument
- ☑ insurance
- ☑ insure
- ☑ intention
- ☑ interrupt
- ☑ intersection
- ☑ invent
- ☑ invest
- ☑ investigate
- ☑ involve
- ☑ irritate
- ☑ isolate

● J ●

- ☑ jet lag
- ☑ justify

● L ●

- ☑ laboratory
- ☑ ladder
- ☑ land
- ☑ landmark
- ☑ landscape
- ☑ laundry
- ☑ lay ~ off /
  lay off ~
- ☑ lean
- ☑ lid

- ☑ load
- ☑ look into ~
- ☑ loose
- ☑ loosen
- ☑ lower
- ☑ loyal
- ☑ luxurious

● M ●

- ☑ majority
- ☑ make a living
- ☑ make sense
- ☑ make sure
- ☑ make up for ~
- ☑ manage
- ☑ managerial
- ☑ manuscript
- ☑ mark ~ down /
  mark down ~
- ☑ massive
- ☑ masterpiece
- ☑ mature
- ☑ maximize
- ☑ maximum
- ☑ meanwhile
- ☑ measure
- ☑ memorandum
- ☑ mend
- ☑ mention
- ☑ merchandise
- ☑ merchant
- ☑ messy
- ☑ microscope
- ☑ minimum
- ☑ modest
- ☑ mop
- ☑ more or less

● N ●

- ☑ nap
- ☑ necessity

- ☑ neglect
- ☑ nevertheless
- ☑ newsletter
- ☑ no later than ~
- ☑ nod
- ☑ nominal
- ☑ nominate
- ☑ notify
- ☑ novel
- ☑ numerous
- ☑ nutrition

● O ●

- ☑ obey
- ☑ objective
- ☑ obtain
- ☑ occasion
- ☑ on behalf of ~
- ☑ on board
- ☑ on (the) condition
  that S V ~
- ☑ on the whole
- ☑ ongoing
- ☑ optional
- ☑ originate
- ☑ otherwise
- ☑ out of town
- ☑ outline
- ☑ outlook
- ☑ overcome
- ☑ overlook
- ☑ overnight
- ☑ overtime
- ☑ overview
- ☑ owe

● P ●

- ☑ painful
- ☑ paperwork
- ☑ parcel
- ☑ park

- ☑ pass away
- ☑ passion
- ☑ passive
- ☑ pause
- ☑ pedestrian
- ☑ pension
- ☑ permanent
- ☑ permit
- ☑ personnel
- ☑ persuade
- ☑ pharmacy
- ☑ phase
- ☑ physical
- ☑ pile
- ☑ place
- ☑ plenty
- ☑ poll
- ☑ possess
- ☑ possession
- ☑ postage
- ☑ potential
- ☑ potted
- ☑ pour
- ☑ practical
- ☑ praise
- ☑ precise
- ☑ predict
- ☑ preserve
- ☑ preview
- ☑ previous
- ☑ principal
- ☑ priority
- ☑ productive
- ☑ profession
- ☑ profile
- ☑ promote
- ☑ promotion
- ☑ prompt
- ☑ proper
- ☑ property
- ☑ proportion

- ☑ prospect
- ☑ protein
- ☑ publication
- ☑ publicity
- ☑ puzzle

● Q ●

- ☑ qualification
- ☑ qualified
- ☑ questionnaire
- ☑ quite a few [little]~

● R ●

- ☑ real estate
- ☑ reasonable
- ☑ receptionist
- ☑ recipe
- ☑ recognition
- ☑ recommendation
- ☑ recover
- ☑ recruit
- ☑ refer
- ☑ reference
- ☑ refund
- ☑ refuse
- ☑ regardless of ~
- ☑ registration
- ☑ regulate
- ☑ regulation
- ☑ reject
- ☑ relative
- ☑ remainder
- ☑ remark
- ☑ remarkable
- ☑ remedy
- ☑ remind
- ☑ reminder
- ☑ remodel
- ☑ remote
- ☑ remove
- ☑ renew

- ☑ replace
- ☑ represent
- ☑ reprimand
- ☑ reputation
- ☑ reserve
- ☑ resident
- ☑ residential
- ☑ resign
- ☑ resist
- ☑ resolve
- ☑ respectable
- ☑ respectful
- ☑ respond
- ☑ restrict
- ☑ resume
- ☑ résumé
- ☑ reverse
- ☑ reward
- ☑ right
- ☑ round-trip
- ☑ routine
- ☑ rumor
- ☑ run into ~
- ☑ run out of ~

● S ●

- ☑ sanitary
- ☑ satisfactory
- ☑ scenery
- ☑ scent
- ☑ scheme
- ☑ scratch
- ☑ seal
- ☑ secondary
- ☑ sector
- ☑ secure
- ☑ sensible
- ☑ sensitive
- ☑ serve
- ☑ session
- ☑ settle

- shareholder
- shift
- shore
- shortcut
- shorten
- shortly
- shower
- shrink
- shut down
- side by side
- sidewalk
- sigh
- significant
- sincere
- sink
- skillful
- skyscraper
- slight
- solid
- solution
- sophisticated
- sort of
- sour
- span
- spare
- specific
- spectator
- speeding
- spoil
- stability
- stable
- stair
- stand by ~
- stand for ~
- stapler
- stare
- starve
- state
- stationery
- status
- steady

- stock
- stockholder
- stop by (~)
- story
- strategy
- stretch
- structure
- submit
- suburb
- sufficient
- sum
- summary
- superior
- surround
- surrounding
- sweep
- symptom

● T ●

- take ~ into account [consideration]
- take *one's* place
- take the place of ~
- take (the) trouble to V
- telescope
- temporary
- tenant
- term
- tidy
- tight
- toner
- trademark
- transfer
- transportation
- trash
- treat
- trial
- tropical
- troublesome
- trustworthy

- turn ~ down / turn down ~
- turn ~ on / turn on ~

● U ●

- unemployment
- unexpected
- unit
- upcoming
- upset
- upside down
- urgent
- utility

● V ●

- vacancy
- vacant
- vacuum (cleaner)
- vary
- vase
- vegetarian
- viewpoint
- vitality
- vitamin
- vote

● W ●

- wage
- warehouse
- water
- weaken
- weed
- weigh
- when it comes to ~
- widespread
- width
- ~ will do
- wipe
- without fail
- witness
- workshop

860分完勝

● A ●

- ☑ abrupt
- ☑ abstract
- ☑ abundant
- ☑ accelerate
- ☑ accommodate
- ☑ accommodation
- ☑ accord
- ☑ account for ~
- ☑ accumulate
- ☑ acknowledg(e)ment
- ☑ acquaintance
- ☑ address
- ☑ adhere
- ☑ adjourn
- ☑ administer
- ☑ admiration
- ☑ adverse
- ☑ affiliated
- ☑ affiliation
- ☑ affluent
- ☑ affordable
- ☑ aftermath
- ☑ aggravate
- ☑ alert
- ☑ alleviate
- ☑ allocate
- ☑ allot
- ☑ alter
- ☑ altitude
- ☑ amend
- ☑ amenity
- ☑ ample
- ☑ annual
- ☑ anonymous
- ☑ anticipate
- ☑ apparatus
- ☑ appetizer
- ☑ applaud
- ☑ appliance
- ☑ appraisal
- ☑ apprentice
- ☑ aptitude
- ☑ archive
- ☑ around the clock
- ☑ artificial
- ☑ as of ~
- ☑ ascend
- ☑ aspire
- ☑ assembly
- ☑ assert
- ☑ assess
- ☑ assign
- ☑ assignment
- ☑ assume
- ☑ at all costs
- ☑ at any cost
- ☑ attain
- ☑ attentive
- ☑ attorney
- ☑ attribute
- ☑ auditor
- ☑ authentic
- ☑ autograph
- ☑ avert
- ☑ awkward

● B ●

- ☑ bachelor's degree
- ☑ backlog
- ☑ backorder
- ☑ ballroom
- ☑ banquet
- ☑ bargain
- ☑ be cut out of ~
- ☑ be on the verge of ~
- ☑ be second to none
- ☑ biannual
- ☑ bias
- ☑ biased
- ☑ bid
- ☑ bleak
- ☑ blunder
- ☑ boarding pass
- ☑ boast
- ☑ bond
- ☑ boost
- ☑ box office
- ☑ breadth
- ☑ breakthrough
- ☑ bribe
- ☑ broom
- ☑ browse
- ☑ bulb
- ☑ bulletin board

● C ●

- ☑ call for ~
- ☑ call in sick
- ☑ candid
- ☑ capture
- ☑ carousel
- ☑ carpool
- ☑ carton
- ☑ casualty
- ☑ cater
- ☑ chair
- ☑ chamber
- ☑ champion
- ☑ chimney
- ☑ chore
- ☑ chronic
- ☑ circulation
- ☑ cite
- ☑ clap
- ☑ clarify
- ☑ clause
- ☑ clerical
- ☑ cling

clog
closure
coincide
coincidence
collaborate
collapse
commemorate
commence
commend
commitment
commute
compensation
competent
compile
complement
compliance
compliment
complimentary
comply
component
comprehensive
compromise
concede
conceive
concise
confidential
consecutive
consensus
consent
consequence
conserve
consistency
consistent
consolidate
conspicuous
contagious
contaminate
contingency
contradict
controversy
convene

convention
conventional
convert
convey
convince
coordinate
cope
cordial
correspond
couch
counterpart
court
courteous
courtesy
cover
coverage
craft
crawl
crucial
crude
crumple
cuisine
curb
curiosity
cut down (on) ~
cutting-edge

● D ●

dairy
date back to ~
debtor
decay
decent
décor
dedicate
deduct
defeat
defect
deficit
define
delegate

deliberately
delinquency
demanding
depict
deposit
depreciation
deputy
deregulation
descend
descending order
deserve
designate
detach
detect
detergent
deteriorate
deterioration
detour
detrimental
devastate
devise
diagnose
digestion
digit
diligent
dilute
dim
dimension
diminish
diploma
discard
discipline
disclose
discontinue
discreet
discrepancy
discretion
disembark
disgust
dismal
dismiss

- dispatch
- dispense
- disperse
- disposable
- dispose of ~
- dispute
- disruption
- distinct
- distinctive
- distinguished
- distract
- disturbance
- diverse
- divert
- dividend
- domain
- dominant
- dose
- down payment
- doze
- drawback
- drizzle
- drought
- drowsy
- duplicate
- durable
- duration
- dwell on ~
- dwindle

● E ●

- edge
- editorial
- eligible
- eliminate
- embark
- embassy
- emit
- empathy
- empower
- enact

- endangered
- endeavor
- endorse
- enforce
- enhance
- entail
- entitle
- entrepreneur
- epidemic
- eradicate
- errand
- estate
- evict
- evoke
- exaggerate
- excerpt
- exclaim
- excursion
- exempt
- exert
- expel
- expertise
- expire
- explicit
- exquisite
- extension
- extinction
- extinguish
- extract

● F ●

- fabric
- fabricate
- fabulous
- facilitate
- fade
- fame
- fasten
- fatal
- faucet
- feasible

- feast
- feed
- feedback
- fierce
- first-hand
- fiscal year
- flair
- flatter
- flattery
- fluctuate
- forfeit
- foster
- fragile
- fraud
- freight
- from scratch
- frown
- fruitful
- fuss
- futile

● G ●

- garment
- gateway
- generosity
- get down to ~
- glance
- gloomy
- go in for ~
- go off ~
- go over ~
- go through ~
- grant
- grief

● H ●

- halt
- hands-on
- hazy
- hectic
- heritage

☑ hinder
☑ house
☑ humble
☑ hypothesis

● I ●

☑ identical
☑ if you ask me
☑ immense
☑ impasse
☑ imperative
☑ implement
☑ impose
☑ in a nutshell
☑ in a row
☑ in accordance with ~
☑ in person
☑ inaugural
☑ inaugurate
☑ inclement
☑ incline
☑ incorporate
☑ incur
☑ indifferent
☑ inevitable
☑ infer
☑ informative
☑ infringe
☑ ingredient
☑ inherit
☑ in-house
☑ innovate
☑ inquire
☑ inquiry
☑ insert
☑ insider
☑ insomnia
☑ inspect
☑ insult
☑ integrity

☑ intensive
☑ interactive
☑ interim
☑ intermission
☑ internship
☑ interpersonal
☑ interpret
☑ intervene
☑ intimate
☑ invaluable
☑ inventory
☑ invoice
☑ involvement
☑ irrigate
☑ itinerary

● J ●

☑ jam-packed
☑ janitor
☑ jeopardize
☑ job opening

● K ●

☑ keep [bear] ~ in mind
☑ keynote speech
☑ kneel

● L ●

☑ landlord
☑ lapse
☑ last-minute
☑ launch
☑ leading
☑ leaflet
☑ leak
☑ leftover
☑ legible
☑ legislation
☑ legitimate

☑ lengthen
☑ lessen
☑ let alone ~
☑ let up
☑ liability
☑ liable
☑ liaison
☑ likewise
☑ line
☑ linger
☑ liquidate
☑ literacy
☑ litter
☑ live up to ~
☑ locksmith
☑ lodging
☑ logistics
☑ loom
☑ lucrative
☑ lure

● M ●

☑ make ends meet
☑ make (~) out / make out (~)
☑ malfunction
☑ mandatory
☑ mar
☑ mediocre
☑ merge
☑ minute
☑ misplace
☑ moderate
☑ modify
☑ moisture
☑ mortgage
☑ mount
☑ multiple
☑ multiply
☑ municipal
☑ mutual

N

- negligence
- niche
- Not that I know of.
- notable
- nourishment
- novice
- nuisance

O

- obligation
- obscure
- observance
- obsolete
- obstacle
- obstruct
- on the spot
- on-site
- optimistic
- ornament
- outbreak
- outcome
- outfit
- outlet
- outnumber
- output
- outrageous
- outskirts
- outstanding
- overcharge
- overdo
- overdue
- overhead
- oversee
- oversight

P

- pastime
- pat
- patent
- patron
- pay off
- pay ~ off / pay off ~
- payroll
- peel
- penetrate
- periodical
- perishable
- pertinent
- pessimistic
- pharmacist
- phenomenon
- pillow
- plausible
- plumber
- policy
- polish
- practice
- precaution
- precedent
- precipitation
- predecessor
- preliminary
- premise
- premium
- prerequisite
- prescription
- preside
- pressing
- prestige
- prestigious
- prevail
- prevalent
- prior
- procedure
- proceed
- procrastinate
- procure
- procurement
- proficient
- profitability
- profound
- prolong
- prominent
- promising
- proofread
- proposition
- proprietor
- prosper
- prototype
- provoke
- proximity
- pull over
- punctual
- put ~ away / put away ~
- put ~ out / put out ~

Q

- query
- quota
- quotation
- quote

R

- radical
- rage
- railing
- rampant
- ratify
- recess
- recession
- reconcile
- rectangular
- redeem
- redundant
- refill
- refrain
- refreshment
- reimburse

- relevant
- relinquish
- relocate
- remit
- remittance
- remuneration
- renovate
- renowned
- repetition
- representative
- requisite
- reside
- resort
- respective
- respondent
- restless
- restore
- restrain
- retailer
- retain
- retrieve
- reunion
- reveal
- revenue
- revise
- revision
- revoke
- ridiculous
- rigorous
- rinse
- ritual
- robbery
- royalty
- rule out ~
- rundown

● S ●

- sacrifice
- safeguard
- sanction
- scatter
- scope
- scrub
- scrutinize
- scrutiny
- see to it that S V
- segment
- seize
- set ~ aside /
  set aside ~
- set ~ forth /
  set forth ~
- sewage
- shabby
- shatter
- sheer
- shortcoming
- shoulder
- simultaneously
- single
- sip
- skeptical
- sluggish
- soar
- solicit
- sound
- specification
- speculate
- speculation
- spell
- splendid
- spontaneous
- stack
- stain
- stand in for ~
- standstill
- star
- state-of-the-art
- steering wheel
- stool
- stoop
- stopover
- strain
- strive
- stroll
- sturdy
- subordinate
- subscribe
- subscription
- subsidiary
- subsidize
- subsidy
- substantial
- substitute
- subtle
- successive
- suite
- summon
- superb
- superficial
- supervise
- supervisor
- supplier
- surcharge
- surge
- surgeon
- surgery
- susceptible
- suspend
- sustain
- swell

● T ●

- tackle
- tactics
- take effect
- take ~ on /
  take on ~
- take (~) over /
  take over (~)
- take steps
- takeover
- tangible

- tangle
- tardy
- tariff
- tax break
- tear
- tedious
- temper
- tentative
- tenure
- terminate
- terrific
- testify
- textile
- therapy
- think twice
- thorough
- tilt
- toddler
- token
- tolerant
- tow
- tragedy
- trait
- transaction
- transcript
- transit
- tremendous
- tribute
- triple
- trivial
- trustee
- tuition

- tune in to ~
- turbulence
- turn around
- turnover

● U ●

- unanimously
- unconditionally
- undergo
- underlie
- undermine
- understaffed
- undertake
- underway
- unload
- unprecedented
- unveil
- upheaval
- urge
- utensils
- utmost

● V ●

- vaccination
- vague
- vain
- valid
- vendor
- ventilation
- venue
- verdict
- verify

- versatile
- veterinarian
- vice president
- vicinity
- vigorous
- violate
- visionary
- void
- volatile
- voucher
- vulnerable

● W ●

- waive
- warranty
- watchful
- wholesaler
- will
- with [in] regard to ~
- withdraw
- withhold
- without notice
- withstand
- witty
- workload
- worthwhile
- wrap ~ up / wrap up ~

● Y ●

- yield

國家圖書館出版品預行編目資料

每天1分鐘 新制多益NEW TOEIC必考單字600分完勝！新版 /
原田健作著；葉紋芳譯
-- 修訂初版 -- 臺北市：瑞蘭國際, 2024.12
256面；14.8 × 21公分 --（外語達人系列；30）
譯自：每日1分 TOEIC TEST 英単語600点クリア
ISBN：978-626-7473-65-8（平裝）
1. CST：多益測驗 2. CST：詞彙

805.1895   113014506

外語達人系列30
每天1分鐘 新制多益NEW TOEIC必考單字600分完勝！ 新版
作者｜原田健作
翻譯｜葉紋芳
責任編輯｜潘治婷、王愿琦
校對｜潘治婷、王愿琦

英語錄音｜Trace Fate
錄音室｜純粹錄音後製有限公司
封面設計｜陳如琪
內文排版｜余佳憓、陳如琪

瑞蘭國際出版
董事長｜張暖彗・社長兼總編輯｜王愿琦
編輯部
副總編輯｜葉仲芸・主編｜潘治婷
設計部主任｜陳如琪
業務部
經理｜楊米琪・主任｜林湲洵・組長｜張毓庭

出版社｜瑞蘭國際有限公司・地址｜台北市大安區安和路一段104號7樓之一
電話｜(02)2700-4625・傳真｜(02)2700-4622・訂購專線｜(02)2700-4625
劃撥帳號｜19914152 瑞蘭國際有限公司
瑞蘭國際網路書城｜www.genki-japan.com.tw

法律顧問｜海灣國際法律事務所　呂錦峯律師

總經銷｜聯合發行股份有限公司・電話｜(02)2917-8022、2917-8042
傳真｜(02)2915-6275、2915-7212・印刷｜科億印刷股份有限公司
出版日期｜2024年12月初版1刷・定價｜380元・ISBN｜978-626-7473-65-8

MAINICHI 1PUN TOEIC TEST EITANGO 600TEN CLEAR
© 2010 Kensaku Harada
First published in Japan in 2010 by KADOKAWA CORPORATION, Tokyo. Complex Chinese translation
rights arranged with KADOKAWA CORPORATION, Tokyo through Keio Cultural Enterprise Co., Ltd.